KEITAI
SHOUSETSU
BUNKO
野いちご SINCE 2009

声をくれた君に

美空月星

スターツ出版株式会社

「あんたなんか大っ嫌いだ！　今すぐ私の前から消えていなくなれ！」
　次の日、彼女は本当に私の前から消えていなくなった。

　彼女を傷つけてしまった声なんていらない。
　そう、思っていたのに。

「絶対聞こえるから。櫻田の声は届く、絶対届く」
　無口だけど優しい彼が、私の暗くモノクロな世界を、明るくカラフルに塗りかえる。

　彼に出会えて、私は優しい気持ちを知った。
　あきらめないことを知った。
　人を愛することの幸せを知った。

　彼女に本当の気持ちを伝えるための声を。
　彼に想いを届けるための声を。
　私の夢を叶えるための声を。
　もう一度、私にください……。

contents.

Episode #1

無口で気まぐれな彼 8

また明日 26

近づく距離 46

ちゃんと、守るから 57

Episode #2

絶対、届く 74

優しいヒーロー 95

ふたりだけの特権 104

彼を、守りたくて 113

大切な人の守り方 130

Episode #3

少しずつ、一歩ずつ 142

二度と失わないように 160

好敵手	174
誰も、傷つけない	190
2度目のバレンタイン	202

Episode #4

新しい季節	218
大好きな気持ちだけで	233
夢を叶えるために	246
声をくれた君に	255

after story

温かい場所	266
世界一、幸せに	278

あとがき	304

Episode　#1

無口で気まぐれな彼

午前8時、リビングのラックに飾られた写真の前で手を合わせる。

……ごめんなさい。

そう心の中でつぶやくのが毎日の日課。

私は横に置いておいたスクールバッグを背負い、家を出た。

玄関から一歩外に出れば、注目の的。

近所の人たちや、私と同じように学校に登校する学生たちから冷ややかな視線を向けられる。

明るく染めた長い髪、ブレザーから出るフード、短すぎるスカートに時代遅れのルーズソックス。

べつに、目立ちたいわけではない。

ただ、なんとなくハメをはずしてみたかった。

壊れていく自分をハデな格好でせき止めていた。

1月下旬の今は、1年の中でもとくに寒い日々が続いていた。雪が降ることもよくある。

時折吹く、冷たい風。

私はマフラーに顔をうずめ、ブレザーのポケットに手を突っこんだ。

ホームルームが始まる少し前に学校に着き、教室のうしろのドアから静かに入る。

私、櫻田珠李は、つい最近この学校に転入してきた。

Episode #1 >> 9

　高校２年生の３学期、冬休みが明けた日だった。

　じつは小学６年生まではこの街に住んでいたのだが、とある事情で遠くへ引っこし、中学１年生から高校２年生の２学期までをそこで過ごしていた。

　そして今、こうしてもう一度、この街の高校へと通うことになったのだが、教室に入っても誰ひとり私に話しかけようとしない。

　かわりに注がれる冷たい視線。

　そんなことはもう慣れている。

　転校して１週間ほどたったある日から、ずっとこんな様子だから。

　いわゆる"いじめ"がはじまったのだ。

　私は表情ひとつ変えず、自分の席へと向かった。

　が、自分の机とイスはない。

　今日はどこにあるんだろう。

　私はのんきにそんなことを思った。

　だって、いつものこと。

　私は今まで隠されていた場所を順に探した。

　廊下、ベランダ、トイレ、隣の教室。

　その間も探しまわる私を見て、くすくす笑う声。

　慣れている。

　それでもこんな耳、壊れてしまえばいいのに。

　何度もそう思った。

　ひととおり探しおわったけど、今日はなかなか見つから

ない。

　新しい場所にでも隠したのだろうか。

　時計を見ると、ホームルームまであと1分。

　私はひとまず教室に戻ることにした。

　教室に入ると同時に鳴りひびくチャイム。

　私は仕方なく、自分の席があるはずの床に座りこんだ。

　ドアから入ってきた先生は、私を見つけるなりあきれた顔をした。

「ったく、お前らはこりねーな。早く櫻田の机を出せ！　他の先生たちに見つかったら、ＰＴＡとかで問題にされて面倒なんだから」

　この学校に味方なんていない。

　先生だからといって、いじめを止めようとするわけではない。

　面倒なことを避けようと、自分を守ろうと、必死に隠すだけ。

「はー、めんどくさいなー」

　そう言って立ちあがったのは、一番前の廊下側の席の男子。

　彼はおもむろに掃除用具入れを開けた。

　同時に、ガタンという音がする。

「っぷねー。誰だよ、こんなところに入れようっつったのー」

　そう言いながらも彼は笑っている。

　先生は、「はー」とため息をつきながら、私のもとに机を運んだ。

「ほら、頼むから、いじめられるようなことをするな。そ

Episode #1 ≫ 11

の頭と服装変えたら、こんなことにはなんねーから、な？」

　先生はいじめるみんなではなく、いじめられる私を叱る。

　そもそも、この格好が悪いわけではない。

　私が髪を染め、ルーズソックスをはくようになったのは、彼らからいじめられるようになってからだ。

　私がどんな格好をしていたって同じことをされるに決まっているのに。

　先生はそんなこともわからないの？

　怒りよりも哀れみを覚えた。

「つーか、机汚くなってるし……おい、誰かぞうきん投げろ」

「はいはい」

　だいたい、先生のくせに生徒にぞうきん投げさせるなんて、いろいろ問題があると思うんだけど。

　そんな私の気持ちは彼には伝わらない。

　先生は投げられたぞうきんで私の机を拭きはじめた。

「なんかこのぞうきん、臭くねーか？」

「あ、それ床拭き用のぞうきんなんで」

「そういえば、この前床にこぼした牛乳拭いてたよな？」

　その言葉でクラスからドッと笑いが起こる。

「ったく、いちいちしょうもないことで笑いやがって。ホームルームはじめるぞー」

　そう言いながら教卓に戻っていく先生も楽しそうだ。

　私は席に着き、唇をぎゅっと噛みしめた。

「じゃあ日直、号令かけてくれ」

私は黒板の方を見た。

　そこには"櫻田"の文字。最悪だ。

「おい、日直誰だ」

「櫻田さんでーす」

　隣の席の小田さんが声をあげた。

　彼女はクラスの中でも、一番厄介なのだ。

「ほら、櫻田さん、早く号令かけないと。みんなが待って
るよ？」

　彼女の優しげな表情と、挑発的な目が、あまりにもミス
マッチで滑稽だった。

「あ、忘れてたー！　櫻田さんは号令かけられなかったよ
ね。だって声が出ないんだもん」

　そう。

　私には、声がなかった。

　約1ヶ月前からずっと。

　このクラスに転入してきたときには、すでに声を出すこ
とができなくなっていた。

　過去に起こったある出来事がきっかけで。

　私がいじめられるようになったのは、たぶん、この出な
い声のせいだ。

　それでも私は、声が出せるようになりたいとは思わない。

　"彼女"を傷つけてしまった私の声なんて……いらない。

「ごめんね、櫻田さん。わざとじゃないのよ？」

　小田さんはなにかと私をからかいたがる。

　いつもみんなが私をからかうときは、小田さんが中心に

なっている。

　なにか個人的に恨みでもあるのだろうか。

　そんなこと、どうでもいいけど。

「じゃあ明日の日直の佐野、かわりに号令かけてやれ」

　先生に指名されたのは、私のひとつ前に座る佐野悠梓くん。

　彼は基本無口で、いつもどこか気だるそうにしているけれど、背が高くて顔が整っていて、クールで勉強もスポーツもできてしまう、男女ともにモテる典型的なタイプ。

　私とは正反対だ。

　席は近いけれど、話したことは一度もない。

　でも、彼から嫌がらせをされたことは一度もないから、彼に対して嫌悪感を抱いたことはなかった。

「……起立」

　彼はいつものように気だるそうに号令をかけた。

　でも、文句ひとつ言わない。

　私をにらみつけるようなこともしない。

　それだけのことで、彼が少し大人に見えた。

　ホームルームが終わると、私はヘッドホンで耳をふさいだ。

　大音量の音楽の中なら、私はひとりになれる。

　私の唯一の居場所。私の大好きな音楽の中。

　昔から、音楽が好きだった。

　歌うことが、大好きだった。

　今だって、歌いたいけど……私には歌うための声がない。

　結局私は、大好きなはずの音楽の中でも苦しんでいる。

いっそのこと、学校に来なければいいのかもしれない。

　何度もそう思った。

　でも、それじゃあ負けを認めてしまうようで、なんとなく嫌だった。

　1時間目がはじまる時間になり、数学の先生が教室に入ってきた。

「はい、号令」

　先生がそう言うと、隣の小田さんがすかさず口を出す。

「ほら、櫻田さん、早く号令かけないと」

「だから、ソイツしゃべれないっつってんだろー、ハハッ」

　ひとりの男子がツッコミを入れて、クラスのみんなが笑いはじめる。

　こんなくだらないことで笑えるなんて、彼らは心底幸せ者だ。

　ホント、くだらない。

「おい、お前ら、わざとやってるんじゃないだろうな」

　担任とはちがって、この数学の教師はいじめを把握していない。

「わざとじゃないですよー」

　小田さんの甘ったるい声、耳障りだ。

「そうか、じゃあ誰かかわりに」

「起立」

　ふたたび佐野くんが、気だるそうに号令をかけた。

　やっぱり教師はみんな同じだ。

Episode #1 ≫ 15

　なにも問題が起こらないことを、平和に１日が終わることを望んでいる。

　きっと、なにかに気づいても気づかないふり。なにも疑わないようにしている。

　教師がいじめを解決してくれるなんて、期待していたわけでもないし、悲しくはない。

　ただ、広がる絶望感。

　私はおとなしく数学の教科書を開いた。

　少しくらいは学校に来る意味がほしい。

　だから私はマジメに授業を受けていた。

「この問題、ノートに解いてみろ」

　みんなは先生に言われたとおり、ノートにスラスラと解いていく。

　私も同じように必死にシャーペンを動かし、大量の数式を書き並べた。

　生きていくことだって、数学みたいに答えがあって、簡単だったらいいのに。

「じゃあそろそろ解けたと思うから、んー……櫻田、前に出て書いてくれ」

　私はノートを持って前に出て、先生からチョークを受け取った。

　ノートに書かれた数式を丁寧に書き写していく。

　先生も横でうなずきながら見ていた。

　勉強だけが唯一、私にできること。

「よし、正解だ。すごいな、この問題は難しかっただろう」

私の心が満足感でほんの少し満たされたとき、小田さんがまたなにかを言いはじめた。

「先生、櫻田さんが私のノート写しました。ほら、ここに私のノート」

　私の机の上には、見覚えのないノートが置かれていた。

　もちろん小田さんが置いたのだろう。

　弁解なんて簡単だ。

　私に声があれば。

　クラスのみんなが私の敵でなければ。

「そうなのか、櫻田？」

　私は小さく首を振った。

　それでも人数には勝てない。

「櫻田さん、せこーい」

「自分の手柄にしようとするとか、ダメだろ」

「あんな問題が解けるとか、小田も頭いーな」

　クラスのヤツらは、ここぞと言わんばかりに必死に主張する。

「櫻田、次からはちゃんと自分で解くんだぞ？　解けなかったときは正直に言うこと」

　こうして先生に嘘つきのレッテルを貼られる。

　唯一できることさえも、嘘に変わってしまう。

　でも私は絶対に負けない。

　学校をやめたりなんてしない。

　1時間目が終わると、私はまたヘッドホンで耳をふさいだ。

Episode #1 >> 17

　そのまま黒板を消しに前に出る。これも日直の仕事のひ
とつだ。
　こうして私が耳をふさいでいる間も、なにか言われてい
るのだろうか。
　それとも、私は誰の視界にも入っていないのだろうか。
　その方がずっとマシだ。
　好きの反対は、嫌いではなく無関心だって言うけれど、
私にとっては関心を持たれないのが一番気が楽だ。
　誰にも関心を持たれず、傷つくことなく、ただ静かに生
きていたい。
　黒板を消しおえて席に戻ると、すぐに次の授業の先生が
入ってきた。
　２時間目は国語。
「じゃあ、号令」
「櫻田さん、早くー」
　また隣で声がする。
　しつこい……。
　私と同じことを思った人は、このクラスにひとりはいる
はずだ。
　それでもみんなはいつだって、こんなことで一丸となる。
「そうだぞー、櫻田、早くしろよー」
「早く早くー！」
　私は唇を噛みしめた。
「こらこら、櫻田は声が出せないんだから」
　やっと先生は笑いながら止めに入った。

「もー、先生のツッコミが遅いんですよ」

「俺にツッコミ求めんなよ、ハハッ」

　ほんと、この学校はダメな教師ばかり。

　このクラスの授業を受けもつ先生は全員、私の声が出ない
ことを把握しているのだが、とくに配慮されることはない。

　私は誰にもバレないように、そっとため息をついた。

　授業がはじまっても、先生は最低だった。

「じゃあ誰に教科書読んでもらおうかなー。よし、櫻田！
って、声が出ないんだった、へへっ」

　べつに、クラスのみんなみたいに私をいじめようとして
いるわけではないのだろう。

　ただ授業をおもしろくしたい、という単純な考え。

　それでも、私が声を出せないことを笑いのネタとして使
うなんて許せない。

　だからといって、ここで私が怒れば、クラスのみんなが
余計におもしろがるだけ。

　私は無表情を貫いた。

　愛想笑いよりずっと疲れるような気がした。

　授業を聞くのもバカらしく思えてきて、私は教科書を閉
じてずっと窓の外を見ていた。

　べつに、しゃべる声はなくたっていい。

　ただ、今は、この空に叫ぶだけの声がほしかった。

　退屈な2時間目も終わり、私はふたたび黒板を消しにいく。

　あの先生、筆圧強くて消すの大変……。

Episode #1 >> 19

そんなことを考えていると、隣に気配を感じた。

あわてて横を見ても顔が見えなかったので、私は首を上に傾けた。

佐野くんだ。

私のかわりに号令かけさせられてるから、黒板も消さなきゃとか思ってるのかな。

私はチョークに持ちかえて、黒板に《号令以外の仕事はできます》と、走り書きした。

佐野くんは一瞬その文字をチラッと見たけれど、とくに気にする様子はなく、すぐにそれを消してしまう。

そして残りの筆圧の強い文字も、丁寧に消していってくれる。

ふたりで消すのはあっという間だった。

私は黒板消しを置き、席に戻ろうとする佐野くんの袖をつかんで引きとめた。

そして、ふたたび黒板に走り書きをする。

《ありがとう》

しかし、それもさっと消されてしまう。

彼の無表情からはなにも読みとれないけれど、もしかして怒ってる？

彼は私の耳からヘッドホンを外すと、長い胴体を折りまげた。

そして、私の耳もとに口を寄せる。

「仕事、増やさないで」

そう冷たく言い放つと、すぐに席に戻った。

突然のことで跳ねあがる心臓。

　これは、驚いたから……だよね？

　自分でもよくわからない反応に、私はそう理由づけた。

　そして外されたヘッドホンをそのままに、席へと戻った。

　３時間目の先生が入ってくると、嫌なことを思い出して
しまう。

　また同じことを言われる。

　言われるのが嫌だというよりかは、くだらないことで笑
う彼らを見ているのが不愉快だ。

　でも、そろそろ飽きる頃だろう。

　そう、思っていたのだが……。

「じゃあ日直さん、号令を」

「櫻田さん」

　ふたたび彼女は私の名前を呼ぶ。

　飽きてなかった……なにがそんなにおもしろいっていう
の？

　私は自分に負けて、ガタンと音を立てて立ちあがりそう
になった。

　怒りをぶつけたくなった。

　けれど……。

「早く号令かけ……」

「起立」

　え……？

　小田さんの声をさえぎるように、佐野くんの号令がかかる。

　みんなは号令に合わせて、あわてて立ちあがった。

Episode #1 >> 21

「ちょっと、佐野くん、私まだ途ちゅ……」
「気をつけ、礼。着席」
　佐野くんは聞こえない、とでも言うかのように号令を続ける。
　小田さんはあきらめたのか、私からふいっと顔を背けた。
　胸の底がスカッとするような感覚。
　私はひとつ前の席に座っている佐野くんの方を見た。
　彼は頬杖をついて、窓の外をぼんやりと眺めていた。
　そういえば、彼がみんなと一緒になって私をからかったり笑ったりするところを見たことがないけど、どうしてかな？
　いつもみんなに囲まれているような人気者だけど、彼自身はいつも興味なさそうにしている。
　無表情でクールな彼。
　……そっか、クールな性格の佐野くんには、いじめとかそういうの興味ないんだ。
　嫌いを通りこして、私に無関心な人。
　みんなが佐野くんみたいな人だったらいいのに。
　彼は窓の外を見たまま、小さくあくびをした。
　ネコみたい……。
　このとき私は、ただそんな風に思った。

　4時間目以降はさすがにこりたのか、小田さんはなにも言わなくなった。
　そして相変わらず佐野くんは黒板を一緒に消してくれる。

ネコみたいな彼だから、きっとなにかの気まぐれだろう。

　それでも、今日1日の心持ちはずいぶん軽くなった。

　隣で黒板を消す佐野くんを見あげると、ふいに目が合う。

"ありがとう"

　私の唇は自然とそう動いた。

　なにしてるんだろう、私。

　彼はそんな私を見て、小さく首をかしげた。

　それは、口の動きが読みとれなかったからなのか。

　それとも、"ありがとう"の意味が理解できなかったからなのか。

　どちらが正解か私にはわからなかったけど、小さく首をかしげる彼がまたネコみたいで、なんだかおかしかった。

　放課後、先生に日誌を提出すると、教室に戻って掃除用具入れを開けた。

　よくこの中に机入れられたな……。

　つい感心してしまうほど、掃除用具入れの中はせまい。

　私はほうきを取り出して、教室の床を掃きはじめた。

　日直の最後の仕事。

　ほとんどの人たちはこの仕事をサボるから、教室の床は汚い。

　誰もいなくなった教室。

　ほうきで掃く音がやけに響いた。

　そんなとき、ガラッと教室のドアが開く音がする。

　誰……？

Episode #1 ≫ 23

　ドアの方を見ると、入ってきたのは佐野くんだった。

　彼は教室に入るなり、おもむろに掃除用具入れを開ける。

　もしかして、掃除までしてくれるの？

　彼は予想を裏切ることなく、掃除用具入れから取り出したほうきで静かに掃除をはじめた。

　ホント、なんの気まぐれなんだろう。

　けれど、なにも聞かず、ただ黙々と掃除を続けた。

　黒板に文字を書いたりなんかしたら、また「仕事を増やさないで」って言われるだけのような気がして。

　彼は隅々までキレイにゴミを掃いてくれた。

　いつも気だるそうにしているのに、ちゃんと掃除してる……。キレイ好きなのかな？

　教室全体を掃き終わってゴミを集めていると、佐野くんがちりとりを持って私の目の前にしゃがんだ。

　どうして一緒に掃除なんてしてくれたんだろう。

　やっぱりちょっと気になる。

　もしかして、なにか企んでる？

　でも、そういう人には見えないし……。

　私は佐野くんにそう訴えかけるように、じっと見つめた。

「ん？」

　あ、気づいた！

　私は佐野くんに手のひらを向けて"待て"のポーズをしたあと、カバンからノートとペンを取り出す。

《どうして一緒に掃除してくれたの？》

　その文字を読むと、彼はスッと立ちあがった。

そして自分を指差す。

……俺？

今度はほうきで掃く真似をしてみせた。

掃除……？

次に私を指差した。

私？

ふたたびほうきで掃く真似をした。

掃除……。

俺、掃除、私、掃除……？

ていうか、なんでジェスチャー？

あ、もしかして！

私はふたたびペンを握った。

《耳は聞こえます》

「あ、そうだった、まちがえた」

彼は冷静に納得した。

え、天然……？

そして何事もなかったかのように話しはじめた。

「俺、明日日直だから、今日手伝った分、明日あんたも掃
除して。早く帰りたいから」

私は一瞬、あまりにも単純すぎる理由にぽかんと口を開
けてしまった。

なんだ、そんな理由で一緒に掃除してくれたんだ。

でもすぐに「うんうん」と、何度も縦に首を振ってみせる。

「よろしく。じゃ、また明日」

彼はカバンを持ってさっさと教室を出ていった。

Episode #1 》 25

　私はその背中を見送ったあとも、しばらくその場に立ち
つくしていた。
　この高校に転入して以来、声を出せなくなって以来、ま
ともに誰かとしゃべったことがなかった。
　話しかけられるときは、いつも私をからかうためのもので。
　私から話しかけたことなんて、一度もなくて。
　そんな私が……会話をした……。
　べつに、会話のない毎日に不満があったわけではない。
　けれど、なんとも言いようのない胸騒ぎがした。
　心臓はドキドキと音を立てていて。
　私の頬は、自然とゆるんでいた。
　明日もがんばろう。
　漠然とそう思えた。

また明日

　次の日、ホームルームは昨日と同じように、彼の号令からはじまった。

　昨日とちがうのは、私が彼に関心をもっていること。

　私は無造作に整えられた彼の髪の毛を見あげた。

　なんか、くしゃっとしたくなる……って、なに考えてるんだろう。

　はじめての発想にほんの少しだけ焦った。

　朝のホームルームが終わっても、私は佐野くんのことを眺め続けていた。

　彼も立ちあがることなく、座ったままぼーっと窓の外を眺めている。

　すると、小田さんがそんな彼に話しかけた。

「佐野くん！　昨日のノート見せてくれない？」

　いつも私が聞くのとはちがう、２割増しのトーン。

「やだ」

　しかし佐野くんは、バサッと断ってしまう。

　ていうか、やだって……。

　ちょっと可愛い……かも。

　小田さんが話しかけたのを機に、次々と他の女子たちも集まってくる。

「今日も日直やらなきゃだよね！　大変だねー」

Episode #1 >> 27

「べつに」

「よかったら手伝うよ？」

「いい」

　すべて３文字以内で返す佐野くんに対して、女子たちはきゃっきゃと騒いで楽しそうだ。

　こんなに素っ気なくされて、どうしてこんなにうれしそうなんだろう……。

　そう思いながらも、ずっとそのやりとりを見ていた。

　そして、あらためて思った。

　佐野くんって、やっぱり人気者なんだ……。

　放課後、私は約束どおり佐野くんの掃除を手伝っていた。

　私も佐野くんもしゃべることなく、ただ黙々と掃除をしている。

　私の場合、しゃべることができないのだけれど。

　だいたい佐野くんもおしゃべりなタイプじゃないし。

　だけど、どこか心地よかった。

　大嫌いな教室のはずなのに、今だけは居心地がいい。

　昨日と同じように、彼はちりとりを持って私の目の前にしゃがんだ。

　目も合わせることなく黙々と作業を進める。

　そして掃除は終わってしまった。

　って、べつにそれでいいじゃない。

　終わって"しまった"なんて、まるで終わりたくなかったみたいな……。

悶々としていると、ほうきを片づけた佐野くんが私の目の前に立った。

　私は彼を見あげて目を合わせる。

「手、出して」

　手……？

　私は首をかしげながらも、彼に手のひらを差し出した。

　その手のひらの上に、彼はポケットから出したなにかを乗せる。

　個包装されたチョコレートだ。

「お礼。じゃ、また明日」

　彼はそのまま背中を向けて教室を出ていった。

　私はその背中を見送ったあと、手のひらの小さなチョコレートを見つめた。

　お礼にチョコレートって……子供か！

　もう……笑っちゃうよ……。

　私はそのチョコレートをさっそく口に含んだ。

　ちょっと溶けてるし。

　もう、意味わかんない……。

　だけど、途中で甘いはずのチョコレートが、なぜだかしょっぱくなるから。

　ほんと、意味わかんない。

　どうして、泣いてるの……。

　あきらめていたはずの高校生活に少し期待しそうになって、私はあわてて首を振った。

　期待したって、余計つらくなるだけ。

Episode #1 ≫ 29

　彼ひとりの存在で、私の世界が変わるわけないんだから……。

　私は涙を拭って急いで家に帰った。

　家に帰っても、私を迎えてくれる人は誰もいない。

　私は手を洗い、そのまま自分の部屋に直行した。

　部屋に入ると目に入るのは、ベッドのそばに置かれたアコースティックギター。

　私の今の唯一のよりどころ。

　私はベッドにあぐらをかいて座ると、アコースティックギターを手に取った。

　このギターは、お父さんとお母さんが中学の入学祝いに買ってくれたものだ。

　小さい頃から歌うことが大好きだった私は、両親によくヘタくそな歌を聞かせていた。

　大きくなったら歌手になるんだって、毎日のように言っていた。

　ずっとなりたかった……。

　でも今は、歌うための声もない。夢を叶えるための声がない。

　それでよかった。

　だってもう、うれしそうに歌を聞いてくれる彼女はここにはいないから……。

　コードを押さえ、いつものようにギターをかき鳴らす。

　口を動かしてみるけれど、やっぱり声が出ることはない。

ギターの音だけが、部屋中に悲しく鳴りひびいた。

次の日、学校に来ると、いつものように机がなくなっていた。

いつものことだ。

当たり前のことだ。

……ううん、私、ちょっとだけ期待してたんだ。

なにか変わるんじゃないかって。

私はひとりで机を探しはじめた。

周りからはクスクス笑う声。

いつものこと、いつものこと……。そう思いこむことで、なんとか無表情を貫いた。

今日はチャイムが鳴る前に机を見つけた。

隠されていたのは女子トイレの中。

机を自分の席に運んでくると、周りの人たちが私に声をかける。

「その机、臭くない？」

「匂いうつるから、こっち持ってこないでよ」

「どけよ、邪魔だな」

うるさいな……トイレなんてみんな毎日使ってるくせに。

私にできるのは、そう頭の中で思うことだけ。

私に声があったら、今この場で言い返せてたかな。

それとも……。

声があったら、いじめられることなんてなかったかな。

それでも、私に声なんて必要ない。

Episode #1 ≫ 31

大切な人を傷つけてしまうだけの声なんだから。

私はイスに座り、担任が来るのを待った。

午前の授業が終わり、私はお弁当を取り出した。

もちろん一緒に食べる友達なんていない。

ひとりで食べるお弁当。

トイレで食べたりしたら、きっとまたなにか言われてしまうし、屋上は立ち入り禁止。他にひとりで食べられそうな場所もない。

みんなに囲まれた、この自分の席で食べるしかないのだ。

そして、何事もなく食べおわれる日はほとんどない。

今日はなにされるんだろう。

そんなことを考えながら食べるお弁当は、おいしいはずがなかった。

楽しくない授業、不安な休み時間、おいしくないお弁当。

なにひとつ、いいことはない。

それでも不登校になったりなんかしない。

泣いたりなんかしない。

負けず嫌いというよりは、ただの意地っぱりなのかもしれない。

それでも、これ以上みんなの思いどおりにはならない。

そう思ったとき、私の机に影がさした。

私の目の前に立っていたのは、隣の席の小田さん。

彼女は私のお弁当を持ちあげた。

この展開、知ってる。

ゴミ箱に捨てられるんだ。

何度か同じことをされたことがあった。

抵抗したって、おもしろがられるだけ。

私はあきらめて、その場でおとなしくしていた。

すると、彼女は私の頭の上までお弁当を持ちあげると、そのままひっくり返した。

え……。

頭の上、首もとに感じるなんとも言えない感触。

私はしばらく固まってしまった。

「ごめん、手がすべっちゃった」

クラスの人たちも一瞬、静まったような気がした。

でもそれはほんの一瞬のことで、すぐにいつものように参戦しはじめる。

「うわ、櫻田、汚ねー」

「なに、そのまぬけな姿、笑える」

頭からお弁当をかぶってる人なんて、きっと誰も見たことないはずだ。

さぞかし、おもしろい光景だろう。

でも、私は笑えなかった。笑えるはずがなかった。

しばらくしてから頭に乗ったお弁当の中身を払いのけ、トイレに向かった。

ハンカチと水でなんとかキレイにする。

制服についた汚れはとれそうになかった。

髪の毛はべとべとして気持ちが悪い。

……はじめて泣きそうになった。

Episode #1 >> 33

　ううん、こんなことで泣いてちゃダメだ。

　最後に手を洗っていると、トイレに人が入ってくる。

　私は人と顔を合わせないように、下を向いたまま教室に戻った。

　席に戻ると、当然お弁当は散らかったまま。

「汚ねーな、早く掃除しろよ」

「ほら、これやるよ」

　顔面に投げつけられる濡れぞうきん。

「顔面キャッチしてる、あはは」

　私はそのぞうきんを手に取り、その場に膝をついて床を拭きはじめた。

　もうなにも考えないようにしよう。

　これはただの掃除……心を無にして……。

　そう思っていた矢先、背中に重みを感じた。

「ほら、早く掃除してよ。私が座れないじゃない」

　振り向くと、小田さんの足が私の背中に乗せられていた。

　どこの女王様よ……。

　私は下からにらみあげそうになったのを必死にこらえた。

　彼女がその足をのけたのは、次の授業の先生が入ってくる頃だった。

　放課後、私は上靴から外靴に履きかえていた。

　この上靴は、たしか10足目。

　破かれていたり、落書きされていたりで何度も買いかえた。

　キリがないことに気づいたのか、それとも単に飽きてし

まったのか、最近上靴にはイタズラされなくなった。

　上履きみたいに買いかえればなんとかなるものは、べつになにされてもいいんだけどな。

　お昼休みのことを思い出しそうになって、私は足早に昇降口を出た。

　すると、うしろから急に腕をつかまれる。

　え？

　私は身がまえて体を固くした。

「ごめん、驚かせた」

　けれどそれは、低く落ちついた声だった。

　見あげると、視界に入ったのは佐野くんの顔。

　しばらく、お互いがお互いの目を見つめていた。

　そして佐野くんは私の腕から手を離し、ポケットに手を突っこんだ。

　取り出したのは、棒付きキャンディー。

　彼はおもむろに包み紙を開けはじめた。

　え、このタイミングで食べる!?

　私はぽかんと口を開けてしまった。

　するとその口に、ぐいっとキャンディーが押しこまれる。

　え!?

　いろいろ驚きすぎて、私はそのまま固まってしまった。

「やる」

「…………」

　私は佐野くんと視線を合わせたまま、目をパチパチさせる。

Episode #1 >> 35

「弁当、食べてないだろ」

　ああ、そういうことか。

　私は一気に納得した。

「じゃ、また明日」

　そう言って佐野くんは、足早に私を通りこして去って
いってしまった。

　口いっぱいに広がる甘酸っぱいイチゴ味。

　この前もチョコレートくれたし、佐野くんって、いつも
お菓子持ち歩いてるのかな？

　甘いものが好きとか？

　声は低いし、背は高くて大人びている彼なのに、やっぱ
り少し可愛く思えた。

　これが彼の優しさなのか、気まぐれなのかはわからない。

　それでも、私が救われたことに変わりはない。

　一緒に掃除したときと同じ、心地よさ。

　それに……。

『じゃ、また明日』

　彼からその言葉を聞くのは３回目だった。

　彼のただの別れ際の口ぐせかなにかだろう。

　でも"また明日"って言葉が私にはうれしかった。

　明日も学校に来ることが許されたような気がして。

　明日、学校に行く意味を見つけたような気がして。

　たしかに、なにも変わらない。

　明日からも、いつもどおり机を隠されることからはじ
まって、放課後までなにされるかわからなくて。

それでもいつか、いつの日か……変われるような気がしたんだ。

次の日、私は学校に向かいながら頭を悩ませていた。

昨日数学の教科書、机の中に忘れて帰っちゃった……。

高校生にもなれば、置き勉というものは当たり前なのだが、私の場合、教科書を無防備な状態にしてはいけない。

せめて勉強だけはがんばろうって思ってたのに、破かれたり捨てられたりしてたらどうしよう。

以前数学の授業で、先生に嘘つきのレッテルを貼られたばかりだ。

やっぱり、私は変われないままなのかな。

学校に着くと、私はすぐに机を探しはじめた。

そして見つけると同時に、引き出しの中を確認した。

やっぱりない……。

教科書はなくなっていた。

私はひとまず、教室の前に置かれたゴミ箱をのぞいた。

そして、すぐに目に入った"櫻田珠李"の文字が書かれた数学の教科書。

切りきざまれて、捨てられていた。

私はその教科書をゴミ箱から拾いあげて立ちつくした。

これじゃあまともに授業も受けられない……。

私ががんばっても、いいことなんてないの？

私が学校に来る意味ってなんなの……。

いつからこんなに弱くなってしまったのだろう。

Episode #1 ≫ 37

　また泣きたくなってしまった。

　そして、彼の顔を思い浮かべてしまう。

　期待するな、バカ、私のバカ。

　そんな私に追い打ちをかけるように、隣に誰かが立った。

　佐野くんではない。

　クラスの他の男子。

「ゴミ箱あさってんの？　汚ねーな。ほら、キレイにして
やるよ」

　彼が手にもっていたのは、水が入ったバケツだった。

　そのバケツがボロボロの教科書の上でひっくり返される。

「よかったな」

　これじゃあ、もう読めない。床も水浸しになってしまった。

「ちゃんと床拭いとけよ」

　そう言って、ぞうきんを投げつけた男子。

　もう、ダメかもしれない……。

　そう思った瞬間、さらにうしろから声がした。

「バカね、そっちじゃないわよ」

　その声に振り向いた瞬間、今度は頭から水をかぶる。

　バケツを私の頭上でひっくり返したのは小田さんだった。

「汚いのは教科書じゃなくて櫻田さんの方でしょ？」

　髪の毛から滴る水。

　満足そうな小田さんの笑み。

　もう、なにもかもが嫌になった。

「ちゃんと後始末しておいてね」

　小田さんはそのままバケツを投げ捨て、自分の席に戻っ

ていく。

　同時に、すぐ近くにある教室のドアから入ってくる担任。

　さすがの担任も、この光景には驚いていた。

「ずいぶんハデにやられたもんだな……」

　私はその場でただうつむいていた。

「とりあえずタオル持ってくるから、その場で待ってろよ。
絶対その場から動くなよ！　他の教師に見つかったら面倒
だからな」

　あきれた。

　こんなときまで自分のことだ。

　もう絶望としか言いようがない。

　ざわつく教室。冷たい視線。

　感じるのは、いらだちやくやしさだけではない。

　はじめて恐怖というものを感じた。

　髪の毛を乾かしきれないまま、１時間目の数学の授業が
はじまった。

　かといって、教科書はない。

　そもそも授業を聞ける気分ではなかった。

　なにも考えず、ただぼーっと窓の外を眺める。

　すると隣から、小田さんの大きな声が聞こえた。

「先生！」

　その先の言葉の予想がついた。

　櫻田さんが教科書持ってません、とかなんとか言うつも
りなんだろうな……。

けれど、そんな私の考えは甘かった。
「私の教科書がなくなりました」
　　え……。
　　私の机の上を見ると、あるはずのない教科書。
「誰かがまちがえて持ってるんじゃないのか？　全員教科
書の名前、確認してやれ」
　　名前を確認する必要なんてない。
　　ここにあるのが小田さんの教科書だ。
　　どこまでやれば気が済むの……。
　　小田さんは私の机の上を見て、はじめて見つけたような
素振りをした。
「先生、櫻田さんが、私の教科書持ってる……」
　　そして彼女は泣きはじめた。
　　これには私もさすがに驚いてしまう。
　　先生はそんな彼女を見てあわてはじめた。
「ど、どうしたんだ、小田」
「だって……この前はノート写されるし、今度は教科書と
られるし、櫻田さんが私に意地悪するから……」
「櫻田さん、サイテー」
「小田のこと泣かせるなんて」
　　クラスからの非難。
　　嫌だ、怖いよ、誰か助けてよ……。
　　思わず耳をふさいだ。
　　そして一瞬だけ、目の前に座る彼の背中を見てしまう。
　　振り向くはずのない、佐野くんの背中。

どうして佐野くんに助けて、なんて思っちゃったんだろう……。

　なにを期待したんだろう……バカみたい。

　授業後、私は数学の先生に職員室に呼ばれていた。

「どうして小田の教科書とったりなんかしたんだ」

　私は首を縦にも横にも振らず、先生と目も合わせなかった。

「なにか言いたいことがあるならここに書きなさい」

　先生はしゃべることのできない私にメモ帳とペンを渡した。

　でも、言いたいことなんてない。

　そもそも、なにから言えばいいかわからない。

　いじめられていること？

　教科書を捨てられたこと？

　もう面倒だ。

　先生はなにも書かない私を見て勝手に話を進めた。

「もしかして教科書忘れたのか？　小田に教科書借りようとしただけなのか？　なるほど、声が出ないから無断で借りてしまったんだな」

　先生はそう言って勝手に納得しはじめた。

　全然ちがうんだけど……。

「たしかに、お前は声が出せなくて大変だと思う。でもメモを渡すとか、なにか方法があっただろ？　小田を誤解させるようなことは以後しないように、いいな？」

　うなずいてすらいない私に次々と話を進める。

Episode #1 ≫ 41

　最初から私の話を聞く気なんてなかったんだ。

　問題にならないように、平和に片づけようとしてるんだ。

　この先生もやっぱり担任と同じ。

　自分のことしか考えない自分勝手な先生。

「だいたいその髪色、なんとかならないのか？　短いスカートにルーズソックスまではいて……だらしない」

　今、その話関係ないでしょ……。

「いいか、学校っていうのは勉強する場所であって……」

　今まで服装や髪色については、とくになにも言わなかった先生だ。

　今このタイミングで、どうしてそんなことを言われなければならないのだろう。

　私が問題を起こしたから？

　たまたま先生の機嫌が悪かったから？

　どちらにしろ理不尽だ。自分勝手すぎる。

「櫻田、わかったのか？　わかったら、ちゃんと返事を……」

　私は先生の話の途中で職員室を抜け出した。

「おい、話の途中だろ！」

　こうして先生までも敵に回してしまう。

　最初からこうしていればよかったんだ。

　そもそも先生は、私の味方だったわけじゃない。

　勢いよく職員室のドアを閉め、教室へと戻った。

　その日の放課後、ふたたび先生に呼び出されることになったのだが、そんなことさえどうでもよく思えるようになってしまった。

もういっそ負けを認めてしまえばいいのか。

こんな意地を張って、なんの意味があるのか。

そんなことまで考えてしまった。

次の日、私はなんとか学校まで足を運んだ。

そして、学校に着くなり驚いた。

机がある……。

ここ最近ではじめてのことだ。

机を隠すのはもう飽きたのかな？

隠す場所がなかったとか……。

たぶん、そんなとこだろう。

それなのに、不覚にも喜んでしまった。

だからといって期待してはいけない。

きっと彼らは、また新しい遊びを見つけて楽しむんだから。

昨日までにされてきた予想外の出来事。

私がいじめられ続けることに変わりはない。

私は小さくため息をついてイスに座った。

すると、目の前の長い胴体がこちらを向く。

佐野くん……？

彼は私の目の前に1冊の本を置いた。

それは、数学の教科書だった。

「やる」

え……。

私は突然すぎて、なにも反応できなかった。

「名前、見て」

Episode #1 >> 43

　とりあえず言われたとおり、教科書をひっくり返して名前の記入欄を見ると、あまりキレイではない字で"佐野拓梓"と書かれていた。

　たしか、佐野くんの下の名前は"悠梓"だったはず……。

「1個上の兄貴が去年使ってたやつ。昨日たまたま見つけた」

　たまたま……見つかるものなのかな。

「……嘘。ホントはちょっと探した」

　え……？

　私は思わず佐野くんの方をじっと見つめてしまった。

「勉強、がんばってただろ」

　なんでそんなこと知ってるの……？

「この前、数学で難しい問題解いてた」

　でもあれは、小田さんのを写したってことになってるはずじゃ……。

　私がそう思って不思議そうな顔をしたとき、彼は私の耳もとに口を寄せた。

「小田、あんま数学得意じゃないから。ノート写したっていうのは嘘なんだろ？」

　それだけ言って、佐野くんは前を向いてしまった。

　胸が……バクバクと音を立てている。

　彼の低い声は心臓に悪いみたいだ。

　ていうか、私の心の声と会話してた？

　脳内が読みとれるとか……？

　そんなわけないけど。

なにから考えればいいんだろう。

なにからすればいいんだろう。

佐野くんが私のために教科書を探してくれて。

私が勉強がんばっていることを知っててくれて。

小田さんではなく私を信じてくれた。

それに、あんなにたくさん話してくれた佐野くん、はじめてだ。

やっぱり彼は私が学校に来ることをやめさせてはくれないようだ。

こうやって、やめてしまおうと思ってるとき、いつも助けてくれるから。

変われるんじゃないかって期待させるから。

ムカツク……。

私は佐野くんからもらった教科書をぎゅっと握りしめた。

そういえば、今日もお礼言えなかったな。

すぐに背中向けちゃうんだもん。

私は頬杖をついて、彼の無造作に整えられた髪を見あげた。

やっぱり、くしゃっとしたくなる。

私の頬は自然とゆるんでいた。

その日の数学の時間、私は佐野くんからもらった教科書を開いていた。

なんだか、いつも以上にやる気が出るような気がした。

私って結構単純……。

いつも、クラスのみんなや先生のことをくだらないって

見下していた私だけど、こんなことでやる気出してる私だって十分くだらない。

それでも、いっか。

授業中、ページをめくっているうちに、私は紙が挟まっていることに気づいた。

そこに書かれているのはメールアドレスのようだった。

そしてその下に……。

"俺のだ"

たった3文字、そう書いてあった。

佐野くんのアドレス……ってことだよね？

私は彼に確認するように目の前の背中を見つめた。

そして、もうひとつ気になることがあった。

"俺のだ"の隣に描かれた謎の絵。

ネコ……にも見えるし、トラにも見えるし……いや、もしかしてクマかも？

なんの絵にしろ、幼稚園児が描いたような、お世辞にも上手とは言えない絵だ。

やばい、よく見てみると結構おもしろい……。

私はその日はじめて、授業中に笑いをこらえた。

近づく距離(きょり)

　放課後、私が帰る用意をして立ちあがると、佐野くんが話しかけてきた。
「今日中に送れ。じゃ、また明日」
　送る……。
　どう考えてもメールのことだよね。
　ていうか、今の俺様感はなんだったんだろう……？
　相変わらず少ない言葉でしゃべり、有無(うむ)も言わさず颯爽(さっそう)と背中を向ける彼。
　でも……。
　今日も"また明日"って言ってくれた。
　私がその言葉に元気づけられてるって、わかってるのかな。

　私はいつもより急ぎ足で家に帰った。
　そして家に入るなり自分の部屋に向かい、すぐにケータイを手に取った。
　けど、そこでいったん手を止める。
　帰ってすぐに送るなんて、そんなの気が早すぎる。
　でも、今日中って言ってたし……。
　今日中っていつのこと？　何時までだろう？
　考えているのも面倒になって、私はメールを打ちはじめた。
《櫻田珠李です》
　……以上？

Episode #1 >> 47

　それは失礼すぎるかな？

　あ、そうだ。

《教科書ありがとう》

　よし、これで送ろう。

　私はそのまま送信ボタンを押した。

　ケータイをそばに置き、ふと自分の机の上に置かれた写真を見る。

　それは10年くらい前のものだ。

　写真の中の私は、今では信じられないくらいに笑っていた。

　なにげなく写真を見ているうちに、私は気づいてしまった。

　佐野くんと関わっていたら、またこうやって昔みたいに笑ってしまうのかな。

　屈託のない、無邪気な私に戻ってしまうような気がした。

　変わりたい。

　でもそれは、幸せになりたいってわけじゃなくて。

　嫌なことから解放されて、普通になりたいって思うだけで、私は幸せを願ってるわけじゃない。

　私はもうこの先、無邪気に笑って生きてちゃいけないんだから……。

　どうしてこんな言い訳じみた言い方をするようになったんだろう。

　いつから私は幸せを願うようになってしまっていたんだろう。

　忘れてはいけない。

　忘れていたわけではない。

私は写真を手に取った。

　私は彼女を傷つけたんだ。

　私は彼女を……お母さんを殺したんだ……。

　写真を手にしたままそんなことを思いながら、私はいつの間にか眠りについていた。

　気がつくと私は、病院のベッドの横にいた。

　なんで……いつの間に……？

「珠李、今日も来てくれてありがとう、うれしいわ」

　そこには、もういないはずのお母さんの姿があった。

　なつかしい声、優しげな微笑み。

　その向こうに、泣きじゃくる女の子がいた。

「あんたなんか大っ嫌いだ！」

　……私だ。

「今すぐ私の前から消えていなくなれ！」

　やめて、ダメだよ……そんなこと言ったら本当にいなくなっちゃう……！

　目の前から消えていなくなるお母さん。

　嫌だ……消えないで……どこにもいなくならないで……！

　私の世界はそこで暗闇に包まれた。

　が、すぐに光が見える。

　目をこすれば、見慣れた光景が目に入った。

　私の部屋の中……。

　そっか、今のは夢だよね。

Episode #1 ≫ 49

　昔の写真を見ていたせいかな。

　私は写真をもとの場所に戻した。

　ごめんなさい……。

　ふと窓の外を見ると、帰ってきた頃のオレンジ色の空は消え、たくさんの星が出ていた。

　キレイ……。

　そして手もとを見ると、メールが来ていることに気づく。

　佐野くんからだ。

　私はあわててメールを開いたのだが、そこには……。

《うん》

　……え、それだけ!?

　スクロールもなにもない。

　たった2文字、そう書いてあった。

　こ、これはどうすればいいの？

　シンプルすぎる……。

　佐野くんらしいといえばらしいけど。

　私はぷっと噴きだした。

　こらえきれなかった。

　だって、おかしいよ。

　送れって言っておきながら、お礼の返信が "うん" って……。

　どういたしまして、とかあるでしょ！

　私は肩を震わせて声もなく笑った。

　たった2文字に笑わされるなんて、ヘンなの。

　私は深く考えることもなく、ただしばらくひとりで静か

に笑い続けた。

　次の日も、学校に行くと机があった。

　本当にやめたんだ……。

　昨日のメールのこともあってか、すごくうれしい気持ち
になった。

　そのまま席に着きカバンを開けていると、佐野くんが振
り向く。

　いつも無表情な彼。

　だけど心なしか、今日は不機嫌そうに見えた。

　なんか、怒ってる……?

「おい」

　や、やっぱり怒ってる!?

「なんで返信しなかった」

　え……?

　私は昨日彼からもらった《うん》という、たった2文字
のメールを思い出した。

　いやいや、いやいやいや。

　あのメールに返信しろって言う方がおかしいでしょ!

「俺はメールが得意じゃない」

　はあ……。

「がんばったのに」

　あれでがんばったっていうの……?

　私はおかしくて、つい笑ってしまった。

　もしかして、佐野くんって結構天然?

そんなことを思っていると、佐野くんは笑う私を見て目を小さく見開いていた。

　なにに驚いてるんだろう？

　小さく首をかしげると、彼は私の両頬をむぎゅっと片手でわしづかみにした。

　え!?

「笑うな、困る」

　彼は短くそう言った。

　え？

「心臓に悪い」

　彼はそう言うと、そのまま前を向いてしまった。

　相変わらず言葉が少なく、どういう意味なのかよくわからなかった。

　でも、思わず両手で頬を押さえていた。

　ほっぺた熱いし、なんだか動悸がするし、意味わかんない。

　私はそれ以上考えるのをやめて、無心で窓の外を見ることにした。

　ホームルームが終わると、私はいつものようにヘッドホンをつけ大音量で音楽を流していた。

　ひとりの世界に入りたくて聞いていたはずの音楽。

　それなのに。

　無意識に恋愛系の歌を選曲してる……。

　いつもは、どこか悲しい歌しか聞こうとしないのに。

　どういう心境の変化なんだか。

私は自分の気持ちに気づきかけて、あわてて曲を変えた。

　すぐさま流れはじめる次の音楽。

　しかし、イントロが終わる頃に、突然音楽は消えた。

　え……なんで……？

　そこで見えた光景に、私は目を見張った。

　目の前に立つ小田さんと、片手に握られたハサミ。

　彼女は私の耳からヘッドホンを外した。

「ごめんね、糸くずかと思って、まちがえて切っちゃった」

　そしてそう言うと、そのままヘッドホンを床に落とした。

　ポータブルプレイヤーに繋がっているのは、途中から導
線がむき出しになったコードだった。

　小田さんはいつもはあまり見せないすごい形相で、私の
耳もとに口を寄せた。

「佐野くんとなに話してたか知らないけど、あんたが笑っ
てるなんて気持ち悪い。佐野くんはみんなに優しいだけだ
から、味方だなんてカンちがいしないで」

　そう言うだけ言って、佐野くんの方へと向かった。

「ねえ佐野くん、アメいる？」

「いらない」

「じゃあ、チョコは？」

「いい」

　そんな会話をしているうちに他の女子たちも集まってく
る。

　佐野くんがみんなに優しいことなんて知ってる。

　味方だなんて思ってない。

Episode #1 >> 53

　それなのに、どうしてこんなこと……。

　私は床に転がったままのヘッドホンを見つめた。

　そして気づいた。

　そうじゃない、これが普通だったんだ。

　今までの当たり前だったんだ。

　少し佐野くんに優しくされただけで忘れそうになっていた。

　この世界はそんな簡単に変わったりしない。

　私がいつだって勝手に変わることを期待してしまっているだけ。

　それでも……。

　神様は意地悪だ。

　私を喜ばせたと思ったら、すぐに現実を見せてくる。

　それなら最初から私を喜ばせたりなんてしないで……。

　私は唇を噛みしめた。

　学校が終わって家に帰ると、メールが来ていた。

　私にメールを送ってくる人なんていない。

　だから、私はすぐに佐野くんの顔を思い浮かべてしまう。

　もう、すぐに期待してしまうクセはやめよう。

　そう思ってメールを開くと、やっぱり佐野くんからだった。

　こういうことするから期待したくなっちゃうんだよ……。

　私は画面の向こうの佐野くんに怒りをぶつけた。

　メールは昨日より少しだけ長かった。

《誕生日いつ

これは……疑問文なんだよね、たぶん。

　せめてクエスチョンマークくらいつけてよ。

　私はまた小さく笑ってしまった。

　ていうか誕生日、明日だ……！

　自分の誕生日なんてすっかり忘れていた。

　今の私にとって誕生日というものは、単に年を取るというだけで、とくに意味のないものだから。

　でも聞かれたし、一応答えておこう……。

《明日です。佐野くんはいつ？》

　それだけ打って送った。

　佐野くんは大人っぽいし、４月生まれかな？

　そんなことを思っていると、すぐに返信が来た。

　その返信に私は一瞬、固まった。

《やばい》

　……え、なにが？

　しかもそれだけ!?

　もはや会話が成り立っていないような……。

　相変わらず、スクロールもなし。

　これは返信するべきなのかな……？

　返信しないとまた怒られちゃうかも。

　しばらく悩んだけど、なにをどう返していいかわからなかったので、結局返信せずに終わった。

　次の日、学校に行くと、やはり佐野くんは不機嫌そうな顔でこちらを向いた。

やっぱり、昨日のメールは返信するべきだったみたい……。

そう思っていると、彼はカバンからなにか取り出した。

そして、それを私の耳につけた。

とたんに周りの音が聞こえにくくなる。

なにがつけられたのか確認しようと、それを耳から外すと……。

ワイヤレスタイプのヘッドホン……？

私は驚いて彼の方を見た。

すると彼は小さくつぶやいた。

「はっぴー……」

……はっぴー？　幸せ？

突然つぶやかれた英単語に、私は首をかしげる。

「……バースデー」

佐野くんはそう付けくわえた。

バースデー……。

ハッピーバースデー……！

誕生日！

私はもう一度ヘッドホンを見てから、佐野くんの方を見た。

そして、とっさに"ありがとう"と口を動かす。

「大事にしろ」

佐野くんはそれだけ言ってまた前を向いてしまった。

でも、今日はちゃんとお礼言えた……。

もう一度ヘッドホンを見る。

どうしよう、うれしすぎる。

佐野くんが誕生日を祝ってくれた……。

誰にも祝ってもらえないと思っていた誕生日。
ありがとう……。
私はもう一度、心の中でそうつぶやいた。

Episode #1 >> 57

ちゃんと、守るから

　その日の最後の授業は体育だった。

　今日はバスケットボールだ。

　私は人とぶつかりそうになったときに、声が出せないから危ないという理由で、見学させられていた。

　一緒にバスケやっても、どうせ仲間外れにされるだけだし、いいけどね。

　そんなことを考えながら体育館の隅に座っていると、隣に誰かが座った。

　佐野くんだ。

　彼は運動神経がよく、どんなスポーツもそつなくこなす。

　が、極度の面倒くさがり屋だ。

「面倒だから、サボった」

　やっぱり……。

　彼が見学するのは、よくあることなのだ。

　彼がチームにいればとてつもなく戦力になるので、みんな無理やり入れたがる。

　その引っぱりだこ具合に疲れているのかもしれない。

　ほんと、人気者だよね。

　べつに人気者になりたいわけじゃないけど、人に嫌われない程度にはなりたいかも。

　ふと、そんなことを願ってしまった。

　彼は私の隣に座ったけど、とくに会話はなかった。

でもせっかくだから、いろいろ聞きたいことが……。

　私は佐野くんの腕をツンツンとつついた。

「ん？」

　佐野くんはすぐに振り向いてくれた。

　が……。

　筆記用具がなかった……会話できないじゃん。

　私が残念に思っていると、佐野くんはポケットからケータイを取り出した。

「これで打てば？」

　ああ、なるほど！

　私は佐野くんからケータイを借りた。

　まずなにから聞こう……あ、そうだ。

《やばいって、どういう意味だったの？》

　私はまずはじめに、昨日の返信の意味を聞いた。

「ああ、店が閉まると思ったから」

　店？

「まさか誕生日が明日だと思わなくて、やばいって思った」

　なるほど……。

　ていうことは、あわてて買いにいってくれたんだ。

　どうしよう、ますますうれしい……。

《ありがとう》

「うん」

　やっぱり、"ありがとう"に対する返答は"うん"なんだ、ふふっ。

《佐野くんの誕生日はいつ？》

「4月18日」

　ホントに4月生まれだったんだ。

　じゃあ、3ヶ月後にお祝いできるってことか……。

「ちゃんと、お祝いしろよ」

　佐野くんのこと、お祝いしていいんだ……。

　私はうれしくなって大きくうなずいた。

《プレゼントはなにがいい？》

「うーん……」

　佐野くんは悩みはじめた。

　とくに、ほしいものとかないのかな？

「リスの、なにか」

　しばらくして、佐野くんは小さな声でそう答えた。

　ていうか、すごくはずかしそうにしてる……。

　もしかして照れてるとか……？

《リス好きなの？》

「まーな」

　佐野くんの方を見ると、耳をまっ赤にしていた。

　ホントに照れてた……可愛すぎる！

「バカ、こっち見んな」

　彼は私の頭を優しく小突いた。

「この前、リスの絵あげただろ」

　リスの絵なんてもらったっけ？

　私は佐野くんにもらったものを懸命に思い返した。

　そもそも、絵なんてもらったこと……。

「アドレスの下に描いた」

……あ！

　あの絵だ！

　ネコかトラかクマか、わからなかったやつ。

　リスだったんだ……。

　私はあのヘタクソな絵を思い出して噴きだした。

「なに笑ってんだよ」

　佐野くんは少しムッとしている。

《佐野くんって絵描くの苦手なんだね》

「バカにしてんのか」

《してないよ》

　そう打ちながらも笑いは止まらない。

「くそ、ムカツク」

　佐野くんのおかげで体育の見学は退屈しなかったし、今までで一番楽しい授業になった。

　体育の授業が終わり、全員で片づけをしていると。

「先生はちょっと会議があるから、お前らしっかり片づけて、倉庫もしっかりカギかけとけよ」

　先生がそう言った。

　はーい、とみんなののんきな声が体育館に響きわたる。

「それから佐野、ちょっと職員室来い」

「チッ」

　佐野くんは小さく舌打ちをした。

「お前がサボるからだろー」

「佐野くん、ドンマイ」

Episode #1 >> 61

　クラスのみんなに茶化される佐野くんが可愛く見える。

　そのまま佐野くんの背中を見送っていると、目の前に小田さんが立った。

「じゃあ、残りの片づけ頼んだから。ボール片づけてモップかけといてね」

　そう言って、小田さんは持っていたボールを私に押しつけた。

「みんな、櫻田さんが片づけ全部やってくれるってー」

「よっしゃ、じゃあ帰ろうぜー」

　みんなが拾っていたボールを私の方に投げてさっさと帰っていく。

　はあ……。

　まあ、これくらいならいっか。

　今週はテスト週間で、放課後、部活が行われることもない。のんびりやって帰ろう。

　いつもより気楽に考えられるのは、さっきまで佐野くんが隣にいてくれたから。

　ちょっとのことくらいなら、なんでもないって思える。

　みんなに片づけを押しつけられたのに、ちょっとだけ楽しかった。

　床に転がり落ちた大量のバスケットボールをかごに入れ、体育館一面をモップがけし、倉庫の中に入って道具をしまっていく。

　ボールのかごはこっち、ゼッケンはこっち。

　あとはモップを直して帰ろう。

思ったよりゆっくりと片づけてしまったようで、外は暗くなりはじめていた。

　モップをしまいながら、ふと思う。

　そういえば倉庫のカギ、誰が持ってるんだろう……？

　あれがないと倉庫の戸締まりができない……。

　そこまで考えて気づいた。

　もしかして……！

　けれど、もう遅かった。

　突然、閉まる重たい倉庫の扉。

　外からカチャッと南京錠をかける音が聞こえた。

　私はあわてて扉の方に近づき、内側から勢いよくたたいた。

「残念だけど、中から扉たたいてもあんまり聞こえないから。出たいなら大声で叫べば？　あ、そっか、櫻田さん声出ないんだったね、ふふっ」

　小田さんの声だ。

　声のあとに、去っていく複数の足音が聞こえる。

　そんな……！

　私はその場に座りこんだ。

　バカだ……なんで気づかなかったの！

　私はくやしくて何度も扉をたたいた。

　完全に油断してた。

　佐野くんと楽しく話して、舞いあがって。

　掃除を押しつけられたくらいで終わるわけなかったのに……。

　どうすることもできず、私は扉をたたき続けた。

Episode #1 >> 63

　しばらくして、扉をたたくことに疲れ、私は一度冷静になった。

　南京錠だから中からは開けられない。

　窓は人が通れるような大きさじゃないし、外に叫ぶための声もない。

　ケータイは教室に置いたままだし、家はひとり暮らしみたいなものだから、私が帰ってこなくても誰も気づかない。

　部活はないし、先生も完全に戸締まり頼んでたから確認にくることもないだろうし……。

　ここから出る方法は、なにひとつなかった。

　ふと、困ったときにいつも助けてくれる彼の顔を思い浮かべてしまった。

　さすがに気づかないよね。

　いつも授業が終わったらまっすぐ帰ってるみたいだし。

　それに、佐野くんはいつも私を助けようとしてるわけじゃなくて、彼の行動が結果的に私を助けてるだけだもん。

　なにを期待しようとしてたんだろう。

　彼に助けられるたびに、私の中で彼の存在は大きくなっていく。

　誰にも助けてもらえないことが当たり前だったんだから、佐野くんのこと考えたりしちゃダメだ……。

　私は佐野くんのことを考えるのをやめた。

　そもそも、どうして小田さんはここまでするのかな。

　いじめてるのはみんなだけど、彼女はとくに度を越えているというか……。

最初の頃に比べても、だんだんエスカレートしてるような気がするし。

　まあ、単純に私のことが嫌いなんだろうけど。

　なにか気に障るようなことしたのかな？

　このクラスに転入して以来、いじめられる以外で小田さんと関わったことはない。

　いつ、なにが気に障ったのか、私には心当たりがない。

　ていうか、いじめてくる相手を冷静に分析する私もどうかしてるよ……。

　私はひとり、苦笑いした。

　しばらくなにもせず、寒い倉庫の中で冷たい床に座りこんでいると、外から足音が聞こえてきた。

　もしかして、見回りの先生かも……！

　私は声が出ない分、めいっぱい扉をたたいた。

　けれど、さっきよりも力が入らない。

　尋常じゃない寒さのせいで、手がかじかんできているのだ。

　どうしよう、ここで気づいてもらえなかったら本当に閉じこめられたままだ……。

　私は必死に扉をたたき続けた。

　お願い、気づいて……。

　そんな願いも虚しく、私には気づかないまま足音は遠ざかっていった。

　そんな……朝までここにいなきゃいけないの……？

　次にこの扉が開けられるのは、明日の体育の時間かなに

かだろう。

でも、それは他の学年かもしれないし、いじめが知れわたるんじゃ……。

いいのかな？

って、なんで私がいじめる側の心配なんか……はあ……。

私は途方にくれて天井を仰いだ。

さっきよりも寒くなってきたな……。

1月下旬の今は、1年で一番寒い時季。

閉じこめられたのは、1日中日の当たらない体育館倉庫の中。

やばい、手がかじかんでるどころじゃない。

寒すぎる……。

体中の震えが止まらなくなっていた。

体操着のままだから、薄着だし。

もしかして、ここで凍死ってこともあるのかな？

それはさすがに……ないよね？

でも、この季節、夜中は0度を下回るのは当たり前だ。

ありえるかも……。

暗闇の中、急に心細くなった。

少し前までなら、死んでもいいやって思えたかもしれない。

大事な人を傷つけ、殺してしまった私だ。

学校に行ったっていじめられるだけ。

生きることに意味を見いだすことすらできなかった。

でも、今は……。

もう一度、佐野くんに会いたい……。

こんなときに気づいてしまうなんて。

今さら気づいてしまうなんて。

私、佐野くんのこと好きなんだ……。

冷えた頬に温かいものが流れる。

今までずっと耐えてきたのに……。

止まんない……佐野くんに会いたいよ……。

気づいてしまった想いに、ボロボロと涙を流す。

子どものように泣きじゃくった。

どんなにくやしくたって、どんなにつらくたって、絶対に泣かなかったのに。

彼にもう会えないのかと思うと、たまらなく悲しくなった。

佐野くん……。

けれど、しばらくして泣くことにも疲れてしまった。

泣き続けたせいで、さらに体力を奪われている。

閉じこめられて数時間が経過した。

おそらく、もう日付が変わる頃だ。

皮膚の感覚もなく、寒さもわからなくなってきた。

体に力が入らず、高熱を出したときのように頭もぼんやりしている。

それに……眠い……。

でも、それってダメなんじゃ……。

遭難したときに寝てはいけない、というのを聞いたことがある気がする。

今眠ったら、もう二度と起きられなくなるのかな……。

でも眠ったまま死んじゃうなら、楽でいいかも。

そんな不謹慎なことを、回らなくなった頭で考えてしまう。

もう、いいや、あきらめよう。

お母さんのところに行けるなら、それも悪くないのかも。

私はその場に横になり、目を閉じた。

なんか、こんな死に方、ダサいな……。

でもいいや。

最後の最後に思ったのは、やっぱり彼のこと。

佐野くん、好きだったよ。

私はそのまま意識を手放そうとした。

するとその瞬間、勢いよく扉が開く。

「おい、櫻田！ 大丈夫か!? バカ、寝るな！ とりあえず救急車……」

私を怒鳴りつける声。

でも、目が開けられないから姿が確認できない。

意識も朦朧としている。

佐野くん……なわけないよね。

佐野くんはこんな大声出したりしないし、もっと冷静だし。

夢でも見てるのかな？

もう、死んじゃったのかも。

「目閉じるな、とりあえずこれ着ろ」

なにか温かいものに包まれたような気がした。

「これだけじゃダメか……今あっためるから」

今度はなにか重みを感じる。

やっぱり、なんかあったかいかも……。

確かめたいけれど、まぶたが重くて目が開けられない。

「櫻田、絶対寝るなよ、寝たら死ぬぞ！　やばい、なんか目が覚める方法は……」

　耳もとで焦る声が聞こえる。

「くそ……こんなことしか思いつかない……でも俺は、あんたに死んでほしくないから……許せ……」

　その瞬間、唇に温かいものを感じた。

　やわらかいそれは、なかなか離れようとしない。

　もしかして、これってキス……？

　だんだんと意識がはっきりしてくるような気がした。

　やっと重いまぶたを開けて見えたのは……大好きな人の顔だった。

　佐野くんだ……。

　本当に、私を助けてくれたんだ……。

　私はそれを最後に、意識を手放した。

　次に目を開けたとき、目の前はまっ白だった。

　私、結局、死んじゃったの？

　天国って、こんなところなのかな？

　でも、だんだんと意識がはっきりしてきて気づいた。

　ちがう、病院だ……病院のベッドの上だ……。

　白く見えたのは病室の天井だった。

　どうやら私は病院の個室にいるらしい。

　死んで……ない……。

　そのとき、左側から規則正しい寝息が聞こえてきた。

Episode #1 ≫ 69

　私が横になっているベッドの脇でうつぶせている、く
しゃっとしたくなるような髪の毛。

　佐野くんだ……。

　いつも手を伸ばしかけてさわれずにいた彼の頭を、私は
ついになでた。

「う……ん……」

　あ、起こしちゃった……？

「櫻田……」

　掠れた声で私の名前を呼び、寝ぼけた目でこちらを見た
佐野くん。

「ん……櫻田……え、櫻田？　起きた!?」

　彼はそう言うと、立ちあがって病室を飛び出した。

　そして、すぐに医師を連れて戻ってくる。

「目を覚まされましたか？　櫻田さん」

　私は小さくうなずいた。

「あ、彼女は声が出せません」

「そうなんですか？　じゃあ、私の話を落ちついて聞いて
くださいね。櫻田さんは、おとといの夜病院に運びこまれ
て、それから約1日半眠っておられました。幸い、軽い凍
傷の他はとくに異常はないので、今日1日安静にしていれ
ば明日の朝には退院できます」

　私、そんなに長い間眠っていたんだ。

　全然知らなかった。

　あのとききっと、佐野くんが救急車を呼んで私を病院ま
で運んでくれたんだよね。

私は言葉をそのまま理解し、医師に小さく頭をさげた。

「それでは、お大事に」

　そう言うと医師は病室から退室し、佐野くんとふたりだけになった。

「櫻田……」

　佐野くんが私のすぐそばに来た。

「無事でよかった」

　いつもの冷静な佐野くんだ。

　でも、どこか張りつめたような表情をしていた。

　どうしたんだろう。

　なにを、考えてるのかな。

　しばらく彼は黙っていたけど、静かに口を開いた。

「……ごめん」

　彼はなぜか私に謝った。

　どうして謝るんだろう……。

　だって私を助けてくれたのは、たしか佐野くんで、彼がいなければ、私は死んでいたかもしれないのに。

　私は小さく首をかしげた。

「助けるの、遅くてごめん」

　そういうことか……。

　助けてくれただけで十分すぎるのに。

　私は首を横に振った。

「おとといのことだけじゃない。いつも俺は遅かった。あんたが嫌な思いをしたあとになって、なにかできないかって考えて、結局大したことできなくて……ごめん」

Episode #1 >> 71

"なにかできないかって考えて"

　それは、つまり佐野くんの意思で、私を助けようとして
くれていたってことだ。

　そっか、そうだったんだ。

　佐野くんはいつも、私を助けようとなにか考えてくれて
たんだ……。

　そのことがどうしようもなくうれしくて、私は佐野くん
に笑って見せた。

「バカ、それはダメって言っただろ」

　佐野くんはいつか私にしたように、片手で私の両頬をつ
かんだ。

　どうしていつも笑うと止められるんだろう？

　私は佐野くんの行為を不思議に思いながらも、彼の目を
静かに見つめた。

　彼も私の目をしっかりと捉えている。

「これからは、その……ちゃんと、守るから」

　彼はどこか照れくさそうに、けれど力強くそう言った。

　私の心は、彼の優しい言葉で満たされた。

　いつもいじめに負けてしまいそうになるたび、私のこと
を支えてくれた彼。

　私の冷たい心を温めてくれた彼。

　そのたびに、彼の存在は私の中で大きくなっていた。

　彼がどんな気持ちで私にそう言ってくれたのかはわから
ない。

　私と、同じ気持ちでいてくれてるのかな？

そうじゃなくても、彼の"守る"という言葉が、すごく
すごくうれしかった。
　もう、なにも怖くないや。
　私は目の前にいる彼に、大きくうなずいてみせた。

Episode #2

絶対、届く

　次の日の朝、私は無事退院した。

　今は、佐野くんが私を家までタクシーで送ってくれているところだ。

　昨日も今日も平日なのに、彼は学校をサボってずっと一緒にいてくれたのだ。

「家には誰かいるのか？」

　私は首を横に振った。

「いないのか？　でも、医者は親に連絡したって……」

　私のお母さんはすでに亡くなっているし、お父さんはあることが原因で、ここ１ヶ月、一度も家に帰っていない。

　おそらく命に別状はないと聞いたお父さんは、そのまま安心して仕事に励んでいることだろう。

　つまり今は、広い一軒家でひとり暮らしをしている状態なのだ。

　私はケータイで文字を打って佐野くんに見せた。

《ひとり暮らしだから》

「そうか」

　彼はこれ以上深く踏みこんではいけないと思ったのか、なにも聞いてこなかった。

「ひとりで大丈夫か？　不安なら、俺が一緒にいてやる」

　そんな風に言われると、甘えたくなっちゃう……。

　でもこれ以上、佐野くんに迷惑はかけられないし。

Episode #2 >> 75

「これ以上、俺に迷惑かけられない、とか思ってる？」

　え、心の中読まれてる……？

「図星だな。ヘンな我慢はするな」

　そう言って彼は優しい表情を見せた。

　彼のこの表情には敵わない。

　素直な気持ちが溢れてしまう。

　やっぱりひとりは不安だから、今日は佐野くんに甘えさせてもらおう……。

　私は佐野くんの袖をきゅっとつかんだ。

「うん、いいよ」

　佐野くんは私の頭を優しくなでてくれた。

　そこでタクシーが私の家の前に到着する。

　私たちはふたり一緒にタクシーをおりた。

「ひとり暮らしって聞いてたから、アパートかマンションを想像してた。普通に立派な一軒家……」

　彼は私の家を見て驚いていた。

　たしかに、周りの家よりも少し大きく、造りは豪華だった。

　でも、そんなの必要ない。

　家が広いせいで、余計にさびしい気持ちになってしまうから。

　私はとりあえず佐野くんを家に入れることにした。

「おじゃまします」

　彼は玄関で靴をキレイにそろえてあがった。

　礼儀正しい人だな……。

　私はそのまま佐野くんをリビングに通し、ソファに座っ

てもらった。

飲みものを取りにキッチンへ行こうとすると、彼は私の手をつかんだ。

そのまま勢いよく引かれ、佐野くんの隣に座らされる。

……佐野くん?

「ずっと、聞いていいか迷ってた。けど……」

佐野くんは私の目をまっすぐに見ていた。

その視線から逃げることはできない。

「どうしてあんたが声を出せなくなったのか、聞かせてほしい」

私は近くにあった紙とペンを手に取った。

どう説明しようか少し考えて、ゆっくりとシャーペンを動かす。

《私には声が必要ないから》

「必要ない……?」

私は小さくうなずいた。

そして、彼は遠慮がちに付けくわえた。

「……その理由を、聞くのはダメか?」

私は少しだけ迷った。

今まで誰にも話さずにいた。

でも、佐野くんになら、話してもいい……のかな。

いつも私を助けてくれる佐野くんなら、優しい佐野くんなら、過去のことも含めて、私のことを受けとめてくれるかもしれない。

私は立ちあがり、ラックの上に飾られた写真立てを佐野

Episode #2 ≫ 77

くんに手渡した。

　私が毎朝手を合わせている彼女。

「櫻田の……お母さん？」

　私はうなずいて、ペンを握った。

　そして私の過去を書きはじめた。

　保育園に迎えにくるのは、いつもお父さんだった。

　まだあたりが明るい頃、お母さんと手を繋いで帰っていく友達たち。

　私はそれを窓からじっと眺めていた。

　日が沈み、星がキレイに見えはじめた頃、誰もいない教室に先生の声が響いた。

『珠李ちゃん、お父さん迎えにきたわよ』

　その声を聞いて、私は一目散に教室を飛び出した。

『パパ！』

『珠李！　ごめんな、今日も遅くなって。先生もすみません、いつも遅くまで』

　お父さんはいつもぺこぺこと先生に頭をさげていた。

『いえいえ、珠李ちゃんはおとなしくていい子ですから、助かってますよ』

『そうですか、よかったです。それじゃあ明日もよろしくお願いします。珠李、帰ろっか』

『うん！　せんせー、ばいばい！』

『はーい、さようならー』

　私はお父さんの手をぎゅっと握って歩きはじめた。

帰り道、いつも私はお父さんに何度も何度も同じ質問を
していた。
『ねー、どうして珠李のママは迎えにこないの？』
『……入院してるからだよ。珠李もママが病院のベッドで
寝てるの知ってるだろ？』
　お母さんは私が物心ついた頃から、ずっと入退院を繰り
返していた。
　それは知っていたけれど、幼い私にとっては、お母さん
が入院していること自体が疑問に思えたのだろう。
　友達のお母さんはみんな迎えにくるのに、私のお母さん
は迎えにこない。
　どうしてみんなとちがうんだろうって、小さいながら考
えてたんだと思う。
『ママはいつも病気と一生懸命に闘ってるんだ。だから一
緒に応援してあげような？』
『うん……』
　私は繋がれたままのお父さんの手をぎゅっと握り直した。
眉を八の字にして困ったように笑ったお父さんの顔は、
今でもよく思い出せる。

　小学生になっても、私はみんなとちがった。
　たまにお母さんが退院することもあったけれど、体が弱
く、あまり外に出ることはできなかったし、すぐにまた病
院に戻ってしまった。
　だから、入学式、運動会、音楽会、参観日、卒業式……

Episode #2 >> 79

いつも見にきてくれたのは、お父さんだった。

　いつだって周りを見渡せば、みんなはお母さんと一緒に
いた。

　参観日とかは、とくにそれが顕著に現れた。

　教室のうしろにズラリと並ぶ女の人の中に、ひとりだけ
男の人。

　私のお父さん。

　今考えてみたら、それってお父さんにとっては結構、居
心地が悪かったと思う。

　それでも、がんばって仕事を休んで見にきてくれた。

　それなのに、私はみんなとちがうことが気に食わなかった。

　小学校3年生のある参観日の夜、私はついにお父さんに
声を荒らげた。

『どうして私だけお父さんが来るの！　なんでみんなとち
がうの!!』

『お母さんは今だって病院でがんばってるんだよ。お母さ
んのかわりなら、お父さんがいくらだってしてやるから、
な？』

　お父さんは泣きじゃくる私の頭を優しくなでた。

　だけど、当時の私は物わかりが悪かった。

『かわりなんてしなくていいよ！　みんなとちがうなんて
嫌だ。だからもう来ないで！』

　私はお父さんの手を振り払って、自分の部屋に閉じこ
もった。

　そのあとも学校で行事があるたびに、お母さんのかわり

にずっと来続けてくれたお父さん。

　そんな優しいお父さんに、どうして私は傷つけるような
ことしか言えなかったんだろう。

　中学生になると、お母さんが大きな病院に入院すること
になり、私たちは家族3人で病院の近くに引っこした。

　成長するにしたがって、私は人を傷つける言葉をたくさ
ん知ってしまった。

　加えて反抗期を迎えていた私は、歯止めがきかなくなっ
ていた。

　その間も、お母さんは入院し続けていた。

　でも、なんとなく、頻繁にお母さんのもとに向かう自分
がダサく思えて。

　週1で病院に通っていたのも、だんだん月1に変わって
いった。

　お見舞いに行っても、お母さんに顔を見せて、10分もし
ないうちに病院を出た。

　とくに言葉をかわすこともない。

　それでも私が来るたびに「うれしい、ありがとう」って、
優しく笑う顔がいつもくすぐったかった。

　病院に通うたび、なんとなく、お母さんの体が小さく
なっていくような気がした。

　まっ白な顔、しぼり出すような、力のない声。

　まるで死ぬ準備をしているようなお母さん。

　そんな彼女を見るのが怖くて、病院から足が遠ざかって

Episode #2 >> 81

いたのかもしれない。

そんな状態が続いたまま迎えた高1の冬。

今まで入退院を繰り返していたお母さんだけど、最近は、病院のベッドから立ちあがることすらなくなっていた。

ある日の午後、私は月1回のお見舞いに病院に向かっていた。

その日は、返ってきたテストの点数が悪かったのと、部活で怒られたのと、友達とケンカしたのと……いろいろあって、とにかく機嫌が悪かった。

不機嫌に地面を踏みながら、ふと小学生の頃の気持ちを思い出した。

どうして私は、みんなとちがうんだろう……。

一度そう思い出すと、なにもかもがお母さんのせいのように思えた。

機嫌が悪いタイミングでお母さんの病院に向かっていたから。

ただそれだけの理由。

なんてバカらしい八つ当たりなんだろう。

今なら、はっきりそう思えるのに。

私はイライラした気持ちのまま、お母さんの病室に入った。

強く閉まるドアの音に、お母さんは少し驚いていた。

それでもお母さんは、いつものように優しく笑いかけてくれた。

でもその笑顔は、どこか元気のないように見えた。

それに、先月見たときよりもずっと痩せていた。

　すごく、小さかった。

　ちゃんと気づいていた。

　なのに私は、そんな彼女に優しくする余裕もなかった。

　自分のことで、いっぱいいっぱいになっていた。

『珠李、今日も来てくれてありがとう。とってもうれしい
わ』

　そんな彼女ののんきな言葉が、当時いらだっていた私の
カンに障ったのだろう。

『うるさい、黙っててよ！』

　私はカバンをドンッと床に勢いよく落とした。

『だいたい、あんたはいつもここにいて、保育園に迎えに
来るのもお父さんで、小学校の参観日も、いつもお父さん
で……なんで私だけみんなとちがうの！』

　どうして今さら、そんなことを掘り返したんだろう。

　高校生になった今、そんなこと、ほとんど気にしていな
かったのに。

　本当にただの八つ当たりでしかない。

　でも、一度動きはじめた口は止まらなかった。

『そんなんじゃ……そんなんじゃお母さんがいる意味なん
てないよ！　なんのために生きてるのよ!!』

　どうしてこんな言葉を知ってしまったんだろう。

　知らなければ、こんなこと言ったりしなかったのに。

『ごめんね』

　お母さんはたった一言、そう言った。

Episode #2 >> 83

『謝ったって、なにも変わんないよ。今までもこれからも、
ずっと私はみんなとちがうままなんだよ！』
　私はさっき床に落としたカバンを思いっきり蹴飛ばした。
『ごめんね』
　お母さんはもう一度謝った。
　けれど、彼女は私に優しく微笑み続けていた。
　どうしてこんなときまで笑っていられるの？
　当時の私にはわからなかった。
　どんなにひどい言葉だって、笑って受けとめられるお母
さんの強さに、私は気づけなかった。
　だから言ったんだ。
　彼女を傷つけてしまうようなひどい言葉を、私は言って
しまったんだ。
『あんたなんか大っ嫌いだ！　いてもなんの意味もないん
だから……今すぐ私の前から消えていなくなれ！』
　ほんの一瞬だけ、私には見えた。
　お母さんの悲しそうな顔。
　それでも最後は笑って、『ごめんね』って。
　でも、声が揺れていた。
　きっと涙をこらえてたんだ。
　私は気づかないふりをして、病室を飛び出した。
　彼女の優しげな笑顔。
　涙をこらえて揺れた声。
　それが最後だった。
　次の日、彼女は本当に消えていなくなった。

翌日、いつものように学校で授業を受けていると、教室に教頭先生が入ってきた。

『櫻田さん、ちょっと……』

　教頭先生は私を廊下に呼び出す。

　教頭先生が教室に来るなんて、めずらしい。

　それに私を呼び出すなんて、どうしたんだろう？

　そのまま誰もいない教室まで連れていかれ、こう告げられた。

『落ちついて、聞いてくれ』

『はい……？』

　妙な緊張感が漂っていた。

『お母さんが……櫻田さんのお母さんが危篤状態らしい。今すぐ病院に向かってあげなさい』

『危篤……？』

　危篤ってなに？

　死ぬってこと？

　お母さんは、もうすぐ死んじゃうの……？

　"死"という文字が何度も頭をよぎった。

　同時に、昨日私がお母さんに言った言葉を思い出した。

"あんたなんか大っ嫌いだ！　今すぐ私の前から消えていなくなれ！"

　本当に、消えちゃうの……？

　教頭先生は放心状態の私を、そのまま校門まで連れていってくれた。

　そこにはタクシーが止めてあって、押しこまれるように

Episode #2 >> 85

乗せられた。

『第一病院まで、お願いします』

　教頭先生が行き先を告げると、すぐにタクシーは目的地に向かった。

　病院に着くと、私は夢中でお母さんの病室まで走った。

　死なないで。

　いなくならないで……。

　なにもしてくれなくていい。

　ずっと病院で寝てくれてていいから。

　生きててほしい……。

　お母さんが生きてる理由なんて、私が一番わかってる。

　私にお母さんが必要だから……。

　いつも笑って、来てくれてありがとうって言ってくれるお母さんが、私には必要だから……。

　病室の前に着いて、私は息を整えた。

　お願い、生きてて……。

　もうひどいことなんて言わないから。

　今日はなにか、お母さんを笑顔にできる言葉を伝えたい。

　昨日傷つけた分、彼女を笑顔にしたい。

　お母さんに伝えたいことが、たくさんある。

　だって最後の言葉が、彼女を傷つけただけのものなんて、あんなひどい言葉を言ったままお別れなんて、そんなの、絶対に嫌だから。

　だから私がお母さんを笑顔にできるまで、ちゃんと生き

てて……。

　私は病室のドアを開けた。

『お母さん！　私……！』

　だけど……私の目に飛びこんできたのは、目を閉じて動かないお母さんと、お母さんの手を握ったまま声をあげて泣くお父さん。

　そして、立ち去ろうとしているお医者さんの姿だった。

『お母さん……？』

　私はお母さんのそばに駆けつけ、体を何度も揺すった。

『ねえ、お母さん聞こえるよね？　いつもみたいに言ってよ。来てくれてありがとうって。うれしいよって言ってよ！　珠李って名前呼んでよ!!』

　お母さんはおだやかな表情を動かさなかった。

『ねえ、お母さん、お母さんってば！　ちゃんと聞いてよ！まだ……まだ生きててよ、笑っててよ。……ねえ、お母さん……』

　私が最期に言った彼女への言葉。

"今すぐ私の前から消えていなくなれ！"

　傷つけたまま、お母さんは死んじゃったんだ……。

　私だって、ありがとうって、お母さんに会えてうれしいって。

　ちゃんと伝えたかったのに、お母さんに聞いてほしかったのに。

　言えなかった……。

　お母さんを傷つけることしかできなかった声。

Episode #2 ≫ 87

　そんな声ならいらない……。
　次の日から、まるでお母さんを傷つけた罰かのように、
私の声は出なくなった。

　紙に私の過去に起こったことを淡々と書きならべ、最後
に一言付けくわえる。
《だから声なんて私にはいらない》
　そう書きあげた手を佐野くんがつかんだ。
「じゃあなんで、そんな顔してんの？」
　佐野くんは私の顔をのぞきこんで、まっすぐに私の目を
見た。
「このままでいい、なんて顔してない。すごく、悲しそう
な顔してる……」
　そう言った佐野くんだって、すごく悲しそうな顔をして
いる。
「傷つけたまま死なせてしまったって思うなら、今から謝
ればいい」
　今からって……お母さんはもう、死んじゃったんだよ！
　私は責めるように彼の目を見た。
「たしかに、もうこの世にはいない。あるのはお墓の中に
埋まった骨だけだ。けど……それでも聞こえるから」
　どうやって……？
「あんたが聞いてほしいって、本気で願ったら、絶対に聞
こえるから。根拠はって言われても困るけど……でも俺は
確信してる。櫻田の声は届く。……絶対、届く」

なぜか佐野くんまで泣きそうになっていた。
「お母さんだって、いつも言ってくれてたんだろ？　ありが
とうって、うれしいって。それなら今もあんたの声、ずっ
と待ってるんじゃないか？　またあんたの声聞かせてやっ
たら、ありがとうって、うれしいって言ってくれるんじゃ
ないの？」
　私と彼は同時にひと筋の涙をこぼした。
　聞いてほしい……。
　ごめんねって言葉も。
　ありがとうって言葉も。
　大好きだったんだって。
　全部全部、声にしたい。
　きっとお母さんなら聞いてくれるような気がした。
　私は佐野くんに強く笑いかけた。
　それは決意の笑顔だった。
　絶対に声を取りもどそう。
　私の伝えられなかった気持ち、ちゃんと声にしてお母さ
んに伝えよう。
　佐野くんは私の頭をくしゃっとなでて、一緒に笑ってく
れた。
　それからしばらく、ふたりで泣き続けた。

　ひとしきり泣きおわると、彼は口を開いた。
「さっきはキツイ言い方してごめん」
　私は首を横に振った。

Episode #2 >> 89

「だいたい、俺がいきなり聞いたのに、説教なんかして……
ホントは話したくなかった？」

　私はもう一度、首を横に振った。

「そうか」

　きっと佐野くんが怒ったのは、私のことを本気で思って
くれているから。

　それに、彼に話したことで、少し前に進めたような気が
した。

　もっと前に進みたい。

　声を出せるようになることで、その先に進めるんじゃな
いかって、そう思った。

「でも、どうやったら出せるようになるんだろうな……」

　今まで一度も声を出そうと思わなかった私は、なんの方
法も思いつかなかった。

「まあ、焦っても仕方ないよな。ゆっくり考えよう」

　私は大きくうなずいた。

「それから、おとといあったことも学校に報告しないとい
けないな」

　そっか、倉庫に閉じこめられて、救急車呼んで、入院ま
でして、なにも言わないわけにはいかないよね。

「あまり思い出したくないかもしれないけど、できれば詳
しく教えてほしい」

　私はおととい体育館を片づけおわったあと、小田さんに
倉庫の外からカギをかけられたことを紙に書いた。

　佐野くんは、小田さんの名前を見てため息をついた。

「またこいつか。だいたいいつも小田が中心って感じだからな……」

　たしかに、そうかも……。

「でも今回のことは、殺人未遂も同然だ。警察沙汰になってもおかしくない。けど、あんたはそれを望まないだろうから」

　佐野くんって私のこと、なんでもわかっちゃうな……。

　そういえば、どうして佐野くんは私が倉庫に閉じこめられてるってわかったんだろう？

　私は紙に書いて質問した。

「ああ、あの日の夕方、あんたにメールを送ったんだ。そしたら返信がまったくなくて……嫌な予感がして学校に戻って、事情を説明して警備員にカギを開けてもらったんだ。そしたら、下駄箱に靴はあるし、教室にカバンはあるし。もしかしてと思って、職員室から勝手に倉庫のカギを借りて体育館に行ったら、倉庫の中であんたが倒れてた」

　そうだったんだ……。

「帰る前に確認しとけばよかったんだよな……ホント、ごめん」

　もう、すぐ謝るんだから。

　私が首を横に振ろうとしたとき、リビングの電話が鳴った。

「電話って、あんた出られないよな。一応、番号だけ確認しとくか……」

　佐野くんは電話のところに向かった。

「学校からかもしれないな……出てもいいか？」

Episode #2 ≫ 91

　私は佐野くんにうなずいてみせた。

『もしもし……あ、はい、えっと……』

　電話は学校からだったらしい。

　佐野くんは、おとといあったことを一から説明してくれる。

　佐野くんが助けにきてくれたとき、学校には警備員しか

いなかったらしいんだけど、その警備員が私が救急車で運

ばれたことを学校に報告してくれたらしい。

　私が入院していたことは、学校中の先生が認識している

そうだ。

『はい、わかりました、失礼します』

　しばらくして佐野くんは受話器を置いた。

「詳しいことはまた明日、って」

　明日、か……。

「不安そうな顔するな。明日だって学校には俺がいる。あん

たを守るって約束した。なにも心配することなんてない」

　佐野くんはふたたび私の隣に座った。

「今日もあんたが寝るまでは帰らないでいてやるから、安

心してゆっくり休め」

　なにからなにまで、本当にお世話になりっぱなしだな……。

"ありがとう"

　私は唇をそう動かした。

「うん」

　彼は小さく笑って見せた。

　その日、結局彼は、夜私が眠るまでそばにいてくれた。

次の日、私はいつもどおり登校した。

　少し風邪気味ではあるけど、体調はずいぶんよくなった。

　そういえば、学校ではどうなってるんだろう……。

　入院したこと、先生以外のみんなも知ってるのかな？

　それとも、ただ欠席したってことになってるのかな……？

　いろいろ考えながら教室に入ると、とりあえず机はあった。

　が、とくになにか変わったようにも思えない。

　いつもどおりの冷たい視線。

　席にたどり着くと佐野くんが振り返った。

「はよ」

　いつもどおりの無表情。

　でも……。

　あいさつしてくれたの、はじめてだ……。

　私はうれしくなってニコッと笑って見せた。

　ホームルーム後、佐野くんからもらったヘッドホンで音
楽を聞こうとしていると。

「おい、櫻田」

　担任に呼ばれた。

　私はとりあえず担任のもとへと向かう。

「話がある」

　私はうなずいた。

　内心ドキドキしていた。この担任がなにを言いだすのか。

　とりあえず、佐野くんが電話ですべて報告してくれたか
ら、倉庫に閉じこめられて救急車で運ばれたことも、私が

Episode #2 >> 93

どんな状態だったのかも、学校中の先生が知っている。

　それを、この担任がどう処理するか……。

「倉庫に閉じこめられて入院したそうだな」

　私はその言葉にうなずいた。

「でも……そのことが学校の外に漏れると、いろいろとまずい。うちは私立だから、評判が落ちるとまずいんだ。だから、このことは内密にしたいと思っている。もちろん、この学校の生徒たちにも。今はまだ、当事者の小田と数人の女子しか知らない状態だからな」

　え……?

「小田に謝らせたいというなら両親呼んで謝らせるし、金も、少しなら学校から出せるらしいが……お前はどうしたい?」

　ふざけないで……!

　私は担任に軽蔑の目を向けた。

　学校中の先生が知っているっていうのに、この学校の教師はみんな、自分を守ることしか考えないの……?

　それに、小田さんが心の底から謝るとは思えないし、お金なんていらない。

「まあ……結果的に無事だったわけだし、お前がいじめられるようなことをしたのも悪いんだから、な?」

　なにひとつ変わってない。

　結局悪いのは、いじめられている私なんだ。

　変わったのは私の中だけで、私を取りまく環境はなにも変わっていなかった。

そうだ、私が勝手に期待しただけ……。

　私は担任に答えを出さないまま自分の席に戻った。

　これが今までの当たり前だったんだ。

　なにも落ちこむことなんてない。

　そう思っていたのに、席に着こうとする私の腕を佐野くんがつかんだ。

「櫻田、俺は嘘はつかない。俺はあんたを守る」

　もう、佐野くんは十分私を助けてくれた。

　それだけでいいの……。

　私は力なく笑ってみせた。

Episode #2 >> 95

優しいヒーロー

　その日の数学の時間、私は佐野くんからもらった教科書を開いて授業を聞いていた。

　せっかく佐野くんがくれた教科書だもん。

　数学はがんばろう……。

　そう思っても、なかなかペンが進まない。

「じゃあそこの問題、ノートに解いてくれ」

　ある日の授業を思い出した。

　先生に前で解くように言われて、自分の力で解いたのに、小田さんのノートを写したとかで嘘つきのレッテルを貼られ……自分の得意なことさえ嘘に変えられてしまった。

　そういえば、あれから当てられなくなったな……。

　そんなことを考えていると、先生に名前を呼ばれた。

「じゃあ櫻田、今やったところ、前で解いてくれ」

　当てられた……。

　でも、もう大丈夫。

　はじめから嘘つきだって言われるってわかっていれば。

　期待なんてしなければ。

　もうなにもつらくない……。

　私は自分のノートに書いた数式を黒板に写した。

　もう私は知っている。

　生きていくことは、数式みたいにうまくはいかない。

　書きおえて自分の席に戻ると、先生は「正解」と言って、

黒板に赤チョークで丸をしてくれた。

　そこからは、私の予想どおりだった。

「先生、また櫻田さんにノート写されましたー！」

　小田さんは先生に頬をふくらませてみせた。

　でも、大人はこんなのにだまされちゃうんだよね。

　しかし、先生は以前とは少しちがった。

「櫻田、本当なのか？」

　私は首を横に振った。

「ちがうそうだ」

「でも私のノート、櫻田さんの机の上にありました」

「小田が置いたんじゃないのか？」

　嘘……。

　まっ先に私を疑わない……。

　でもそれは、ほんの気休めにもならなかった。

「先生は私を疑うんですか？」

　小田さんは目を潤ませた。

「そ、それは……」

　はあ、そんな簡単に変わるわけないか。

　さらに、小田さんのうしろの席の女子が口を挟んだ。

「私、櫻田さんが小田さんのノート写してるところ見ましたー」

「俺も！」

「私も！」

　そうだ、根本的なことはなにも変わっていない。

　クラスのみんなは私の敵で、多数派の意見には絶対に勝

Episode #2 ≫ 97

てない……。

　私はぎゅっと唇を噛みしめた。

　そんなとき、私の知っている低い声がみんなの声をさえ
ぎった。

「先生」

　私の目の前に座る彼だった。

　佐野くん……？

　彼は立ちあがって先生のもとに向かう。

　そして、なにやら耳打ちした。

「お、おう、わかった」

　先生はなにやらタジタジな様子で私たちの方を見据えた。

「櫻田、小田、前に出てこい」

　なんだろう？

　佐野くんは先生になにを言ったのかな……？

「な、なんですか？」

　小田さんも驚いているようだった。

　私たちふたりは、とりあえず前に出た。

「これから俺が黒板に問題を書く。ふたりともノートも教
科書も見ずにそれを同時に解いてくれ」

「え……」

　小田さんはあわてているように見えた。

「じゃあ、うしろを向いて」

　問題は書きおわるまで私たちにはわからないようだ。

　私は佐野くんの方を見た。

　すると彼は、私に小さくピースサインを送った。

彼の無表情に似合わないピースサインに、笑いそうになるのをこらえた。

　佐野くんはいつも私を助けてくれた。

　大丈夫、私は佐野くんを信じる……。

「じゃあ問題書きおわったから、ふたりとも黒板を見て」

　私たちは同時に振り返った。

　そして目を見張った。

　この問題……！

　私はチョークを握ってすぐに解きはじめた。

　横目で見ると、小田さんは固まっているように見えた。

　佐野くんは、やっぱすごいや……。

　私はすべての数式を書きおえ、先生の方を見た。

「正解だ」

　クラスからは思わず「おー」という声があがっていた。

　小田さんはというと、一文字も書かず、問題を見たままずっと固まっている。

「小田、この問題がなんの問題かわかるか？」

　先生は小田さんに聞いた。

「知りませんよ……」

「これは以前、櫻田に黒板で解かせた難問だ」

　小田さんは一瞬にして顔色を悪くした。

「お前は櫻田にノートを写されたと言っていたが、どうして写された側のお前がこの問題を解けないんだ？」

「た、たまたま、あのときは解けたんです！」

　小田さんは涙目になりながら反論した。

Episode #2 >> 99

「お前は数学を知らないのか」

「は？」

「数学の問題ってのは、一度解けた問題を解けなくなることはないんだ。計算ミスはあるとしても、一文字も書けないってことは絶対にない」

「そんな適当なこと言わないでください」

「とりあえず席に戻れ。詳しいことはあとで聞くから職員室に来なさい。櫻田も、戻れ」

　私たちは先生に促されるまま席に戻った。

　佐野くんは私に尋ねた。

「俺は嘘をついたか？」

　私はぶんぶんと首を横に振ってみせた。

　佐野くんは私を守ってくれる。

　だから怖くないんだ。

　私は佐野くんにピースサインを向けた。

　数学の授業が終わり、小田さんは職員室に連れていかれ、佐野くんが私の方を向いた。

「学校側はさっき担任が言っていたとおり、内密に終わらせるつもりみたいだ」

　私はうんうんと、うなずいてみせた。

「だから、さっきみたいに根本的にひとつずつ問題を解決していくことが必要になる」

　なるほど。

　ていうか佐野くんって、絶対頭いいっていうか、ずる賢

いよね……。

「おい、今俺のこと、ずる賢いとか思っただろ」

　私はあわてて首を横に振った。

　こんな風に私の脳内まで読んじゃうんだもん、うん、絶対頭いい。

「だから、その過程であんたは絶対嫌な思いをすることになる。ごめん」

　佐野くんは本当にいい人だ。

　佐野くんはなにも悪くないのに、こうやっていつも私を完全に守りきれないことを謝ってくれる。

　どうしてこんなに優しいんだろう。

　どうして私なんかのために、ここまでしてくれるんだろう。

「でも、最後には必ず助ける。だから少しだけ我慢しろ」

　うん、大丈夫。

　私は佐野くんに笑ってみせた。

　その日の昼休み、私はいつものようにお弁当を広げていた。

　隣にいる小田さんはかなり不機嫌そうに見えた。

　絶対さっきの数学のことだよね……。

　なにされるかわかんない。

　私は小さくため息をついた。

　そして箸を持ったとき、予想どおり小田さんは私の前に立った。

「あんた、サイテー」

　小田さんは私のお弁当を頭上に持ちあげた。

Episode #2 >> 101

「櫻田さんのせいで私、怒られちゃったじゃない。責任取ってよ」

　以前、頭の上でお弁当をひっくり返されたことがフラッシュバックした。

　思わず、ぎゅっと目をつぶる。

　そして、記憶どおりの、頭の上と首もとに感じる、なんとも言えない感触。

「ふふ、ごめんね、手がすべっちゃったの」

　目を開けると、小田さんはまだなにか持っていた。

「これもあげる」

　小田さんは売店で売られているビンに入った牛乳を、私の頭の上でひっくり返した。

　嘘……。

　髪の毛から滴りおちる白色の液体。

　私はその場から動けなくなった。

「ざまあみろ」

　小田さんは満足そうに自分の席に座った。

　やっぱりダメだ……。

　もう、どうにもならない……。

　そう思ったとき、私の目の前にある広い背中が動いたのがわかった。

　その直後、隣から小田さんの声が聞こえた。

「佐野くん！　どうしたの？」

　いつも佐野くんに対して使ってる２割増しのトーンだ。

　耳障り……。

そんな言葉が頭をよぎった次の瞬間。
「きゃっ」
　小田さんの短い悲鳴が聞こえた。
　驚いて小田さんの方を見ると……。
「悪い、手がすべった」
　佐野くんの手には、ひっくり返った小田さんの弁当箱があった。
　え……？
「佐野くん、なんでこんなことするの……？」
「手がすべったんだ」
「そんなわけないじゃない！」
　小田さんは完全に取りみだしていた。
「あんたもさっき言ってたよな、手がすべったって。あんたの手はすべって、俺の手はすべらないのか？」
「それは……」
　小田さんはなにも言えなくなった。
「櫻田、行くぞ」
　佐野くんは私の手を取り、立ちあがらせた。
「あ」
　彼はもう一度、小田さんの方に向き直る。
「手、すべらせて悪かった。これで拭いといて」
　そう言って小田さんにハンカチを手渡した。
「それから、弁当も無駄にして悪かった」
　彼はポケットから千円札を出して、小田さんの机の上に置いた。

Episode #2 >> 103

「購買でパンとか買って食べて。行こう」

　そしてつかんだ私の手を引いて歩きはじめた。

　そうだ、佐野くんは小田さんに意地悪したいわけじゃないんだ。

　ただ、いじめを止めようとしているだけ。

　だから最後には絶対優しいんだ……。

　私は佐野くんの横顔を見た。

　そういうところも、好きだな。

　私は佐野くんにバレないようにそっと微笑みかけた。

ふたりだけの特権

　佐野くんは、ひとまず私を保健室に連れてきた。

「誰もいない……この辺のタオルとか適当に使うか」

　佐野くんはタオルを手に取って、私をキレイにしてくれた。

「悪かった」

　あ、また謝ってる……。

「まさか、牛乳までかけられるとは思ってなかった。ホント、ごめ……」

　私はさえぎるように佐野くんの口もとに人差し指を当て、首を横に振った。

「謝るなってことか？」

　コクンと私はうなずく。

「はあ、あんたには敵わないな」

　佐野くんは苦笑した。

「つーかその行為は、いろいろマズイ」

　彼は私から一歩うしろにさがった。

　私は意味がよくわからなくて首をかしげた。

「ここ、どこだと思う？」

　保健室……じゃないの？

　不思議に思っていると、彼はふたたび私に近づいた。

　今度はそのまま壁際まで追いつめる。

　壁に手をつき、私を腕の中に閉じこめた。

「正解は、誰もいない保健室」

そう言って私に顔を近づけた。

私は思わず、ぎゅっと目をつぶる。

すると、コツンと、おでことおでこを合わされた。

「はあ、危なかった。もうあんなことしないように」

あんなことって？

ただ人差し指当てただけなのに……。

「次はこんなんじゃ済まないから。行くぞ」

彼はふたたび私の手を取り、保健室を出た。

なんだったんだろう……。

ていうか心臓、やばかった！

ドキドキじゃ済まされないくらい、なんか壊れてしまいそうだった……！

私はしばらく佐野くんの顔をまともに見ることができなかった。

次に佐野くんが連れてきたのは購買だった。

「好きなの選んで。俺はカレーパンと……」

なるほど、お昼ごはんを買うのね。

でも財布は教室だし……。

「財布、教室に置いてきたんだろ？　俺がおごってやるから心配すんな」

でも、それは申し訳ないし……。

「そのかわり、今度なにかおごれよ」

佐野くんはそう言って小さく笑う。

きっと私に気を遣わせないように言ってくれたんだ。

佐野くんって、ホントに私の心の中読めてるんじゃないかな、ふふっ。

　私は遠慮なく好きなパンを買ってもらうことにした。

　購買のおばちゃんにお金を払うと、佐野くんは私の買ったものに口を出した。

「あんた、甘いものしか選んでないな」

　私が選んだのは、チョココルネにチョコメロンパン。

「チョコばっか」

　だって、佐野くんが好きなの選べって言ったんだもん。

　チョコ大好きだし。

　もしかして佐野くんはチョコ嫌いなのかな？

「まー、俺もチョコ好きだけど」

　あ、好きなんだ……。

　そういえば前に、チョコくれたことあったもんね。

　佐野くんの手もとをのぞきこむと、カレーパンと焼きそばパン、そしてプリンがあった。

　え、プリン!?

「おい、あんた今プリンをバカにしただろ」

　う、またバレてる。

　プリン、好きなのかな？

「そうだよ、好きなんだよ」

　え、本当に心の中読みとられてる!?

「言っとくけど、さすがに人の心の中は読みとれないから。あんたがわかりやすいだけ」

　なるほど。

Episode #2 >> 107

納得していいものかどうなのか……。

いまいち腑に落ちなかった。

そういえばこのパン、どこで食べるんだろう？

どう考えても、教室には戻りづらい状況だ。

とりあえず佐野くんと一緒に歩いていると、たどり着いたのは屋上だった。

屋上って立ち入り禁止のはずじゃ……。

「担任の先生から特別に許可をもらった。あんたがどれだけひどいことをされてるのか知ってるから、先生も断れなかったらしい」

佐野くんは屋上のドアを閉めてカギをかけた。

「俺たちだけの特権」

そう言って不敵に笑ってみせた。

いつも無表情なくせに、こういうときだけそういう表情見せるのズルイ……。

「そのへん座って食べるぞ」

佐野くんはあぐらをかいてプリンに手をかけた。

いやいや、プリンは食後のデザートでしょ！

心の中でツッコむと……。

「俺は先にプリンを食べる派なんだ、悪いか」

彼はまた私の心の声を読んだかのようにそう言った。

少しびっくりしながらも、私は首をぶんぶんと横に振った。

「よし」

よしって、私は犬ですか！

佐野くんの方を見ると、おいしそうにプリンを頬張って

いる。

　お、おいしそう……。

「ん？　ほしいのか？」

　ちょっと食べたいかも。

「仕方ないな……」

　私が小さく口を開けると、佐野くんはそのままスプーン
を突っこんだ。

　うん、甘くておいしい！

　そんなことをのんきに思っていると、佐野くんが私の耳
もとに口を寄せる。

「間接キス」

　なっ……！

　全身の血が顔に集まってくような気がした。

「ふっ、顔まっ赤になってる」

　誰のせいだと！

　ていうか佐野くんって、そんなことも言うんだ……。

　今日の佐野くん、ちょっとヘン……。

　私はふたたび、しばらく佐野くんの顔を見られなくなった。

　お昼ごはんを食べおわると、私たちは教室へと向かった。

「明日からも屋上で食べるから、いいな？」

　私は佐野くんにうなずいて見せた。

　これからは毎日、おいしくお弁当が食べられるんだ……。

　それってかなり幸せかも。

　一緒に教室に戻ると。

Episode #2 >> 109

「佐野！ ちょっとこっち……」

　佐野くんは突然、クラスの男子に教室の隅まで追いやられる。

　ど、どうしたんだろう？

　大丈夫かな……。

　まあ、佐野くんは私とちがっていじめられてるわけじゃないし、大丈夫だよね？

　私はそのまま自分の席に戻った。

　でも、やっぱり気になる……。

　私はじっと佐野くんを囲む男子集団を見ていた。

　すると、そんな集団の中心にいる彼と、目が合ったような気がした。

　そんなわけないか。

　私はなるべく気にしないようにして次の授業の準備をした。

　しばらくすると、佐野くんが自分の席に戻ってきた。

「さっき、なに言われてたのか気になる？」

　べつに、そんなこと……。

　私は佐野くんから目をそらした。

「嘘つけ」

　佐野くんはそんな私にデコピンをかました。

「さっき、俺のこと見てただろ？」

　目が合ったの、気のせいじゃなかったんだ。

「ほら、気になってたんだろ。それとも単に俺のこと見たかっただけ？」

そ、そっちの方がはずかしい……！

　私はぶんぶんと勢いよく首を横に振った。

「冗談だから、そんな必死に首振らなくていい……ほら、耳貸せ」

　私は佐野くんに耳を貸した。

「小田をあんま怒らせんな、アイツ怒るとマジでこえーから、って。つまり、アイツらは小田が怖くて一緒にやってるだけかもしれないってこと」

　なるほど……。

　たしかに、いつもいじめの中心になっているのは小田さんだ。

　彼女の一言でみんなが動きだす。

「だから、いじめの根源である小田をどうにかすればいい。今までみたいな感じで」

　なるほど……。

　でも、なんだか仕返ししてるみたいで嫌だな。

「べつに仕返ししようとか、そういうつもりはない。あくまでも、あんたへの嫌がらせを止めるためだから。極力、小田を傷つけないように気をつける。だから、そんな顔するな」

　彼は大きな手の平を、私の頭に優しく乗せた。

　そうだよね、佐野くんはそういう人だもん。

　だから好きになったんだ……。

「つーか、あんたは優しすぎ。ホント、いいヤツ」

　そう言って頭に乗せた手で、そのままヨシヨシとなでた。

Episode #2 >> 111

　でも、ちょっと前までの私だったら、そんな風に考えら
れてたかな。
　いじめてくるクラスの人たちを見て、くだらないとか、
不愉快だとか思っていた私が、今ではその張本人たちを心
配している。
　佐野くんの優しいところが移ったのかな、なんて。
　けれど、自分がどんどん変わっていることに気づいていた。
　全部全部、佐野くんのおかげだ。
　私もいつか、佐野くんのためになにかしたい……。
　漠然とそう思った。

　それからその日は、放課後までとくに何事もなく、家に
向かってまっすぐ帰っていた。
　帰り道、いつも町の商店街をくぐり抜けるのだが、私は
ふとあることに気づいた。
　なんか、全体的にピンク色……。
　そして、ケーキ屋さんの前を通ったときにその理由が判
明した。
　バレンタインだ。
　今日は２月７日。１週間後には、バレンタインが控えて
いた。
　私はすぐに佐野くんの顔を思い浮かべた。
　いやいや、どんだけ好きなの！
　思わず自分にツッコミを入れる。
　バレンタインにチョコを渡すということはつまり、"好

き"という気持ちがバレてしまうわけで。

それはまずい……。

だって、今の佐野くんとの関係、壊したりしたくない……。

せっかく私を助けてくれて、お昼ごはんも一緒に食べられるようになって。

私は彼のことが好きだけど、彼が私と一緒にいてくれるのは、私をいじめから守るため。

彼の優しさは、恋愛感情とはまた別のもの。

気持ちを伝えたせいで、気まずくなんてなりたくない……。

私は佐野くんとのお昼ごはんを思い出した。

甘いもの、好きだよね。

チョコレートにプリン、どちらも佐野くんの好物だ。

それならチョコプリン?

っていやいや、渡せないから。

悶々と悩みながら、ふと商店街のお店の看板を見た。

"感謝チョコ"

友チョコとか、義理チョコとかの類だろう。

これならいいかも。

感謝チョコ……うん、これを佐野くんに渡そう。

私はお店で材料を揃え、今夜から練習することにした。

Episode #2 >> 113

彼を、守りたくて

　1週間後、私は佐野くんに作ったチョコプリンをカバンに入れ、学校に向かっていた。

　1週間前から毎日練習し、毎日チョコプリンを食べた。

　ひとり暮らし同然なこともあって、料理は得意だ。

　自分で言うのもヘンだが、結構うまくできたと思う。

　よし、一緒にお昼ごはん食べるときに渡そう。

　そう思って昇降口にたどり着いたとき、偶然小田さんに出会った。

「おはよう、櫻田さん」

　彼女の目は、敵意に満ちていた。

　昇降口で小田さんと会うのははじめてだ。

　なにをする気だろう……。

　私は身がまえた。

「櫻田さん、今日佐野くんにチョコ渡したりしないよね？」

　え……？

　なんでそんなこと……。

「最近、佐野くんと仲いいみたいだけど、それが佐野くんに迷惑をかけるってこと、わかってる？」

　どういう意味……？

「いじめの標的と仲よくした人間がどうなるか、考えればわかるでしょ？」

　小田さんは目の前まで来て、私を見おろした。

「あんたのかわりにいじめの標的にされる。私が言うんだから、まちがいないでしょ？」

　いじめの根源が小田さんだと言っていた佐野くんの言葉を思い出した。

　小田さんが佐野くんをいじめたりしたら、みんなが佐野くんをいじめてしまう……。

　私をたくさん助けてくれた彼が、私のせいで傷つくなんて、耐えられない……。

「わかったら佐野くんに渡すつもりだったチョコ、早く出して」

　私はおとなしくチョコプリンの入った紙袋を小田さんに差し出した。

「本当に渡すつもりだったのね、櫻田さんのくせに。今後、佐野くんには近づかないでね」

　彼女は勝ちほこったような顔で私の方を見た。

「ほら、早く行くわよ、教室」

　彼女は私の手首を力強く引っぱる。

　い、痛い……。

「もしかして痛かった？　ごめんね、櫻田さんが声に出してくれないからわからなくって」

　それでも彼女は力を弱めることはなかった。

　そして教室に着くなり、小田さんは私の手首をつかんだまま教卓に立った。

「みんな聞いて！　櫻田さんがバレンタインのチョコ渡したい人がいるんだって！」

Episode #2 >> 115

　教室中がざわめきだした。

　私はつい、佐野くんの方を見てしまう。

　彼も私の方を見ていたけど、すぐに私は目をそらした。

「しかも、たぶん手作り」

「マジかよ、ウケる」

　クラスの男子が嘲笑うように言う。

　小田さんはいったい、どうするつもりなの……？

「で、誰のなんだよ、そのチョコ」

　そんなの、佐野くんに決まってる……。

「高橋くんにだって」

「え!?」

　高橋くんはすごく驚いていた。

　一番驚いてるのは私だけど。

　……なんで、高橋くんなの？

　高橋くんはクラスの中でも、とくに小田さんと仲のいい
男子のひとりだ。

「ほら、高橋くん、受け取ってやりなさいよ」

　すると小田さんは突然、私の腕を強くひねった。

　痛っ……。

　高橋くんに渡せってことなの？

　私は抵抗のしようもなく、小田さんから先ほど没収され
たチョコを受け取り、おとなしく高橋くんに手渡した。

「うわ、櫻田のチョコとかうれしくねー」

　私だって、高橋くんに受け取ってもらったってうれしく
ないよ……。

「高橋くん、せっかくだから中開けて見てみたら？」

　一瞬、小田さんが高橋くんをにらみつけたように見えた。

　ううん、気のせいだよね。

「なにが入ってんのかなー。あ、チョコプリンだ」

　高橋くんはチョコプリンを手に取り、少しの間眺めていた。

「うーん、やっぱ手作りみたいだな」

　そう言ってプリンの入った容器のふたを開ける。

　そして、その場でひっくり返した。

　嘘……！

　私は思わず床に落ちたプリンを目で追った。

「櫻田が作ったもんなんか食えるかよ」

「そういうわけだから、櫻田さん、自分で片づけておいて
ね」

　そう言って小田さんは私にぞうきんを投げつけた。

　佐野くんのために、一生懸命作ったのに……ひどい……。

　私はしばらく、その場にひざをついて固まっていた。

　でも、もし私がこれを佐野くんに渡していたら、佐野く
んは私のかわりにいじめられていたかもしれない。

　だから、これでよかったんだ……。

　私は自分にそう言いきかせた。

　昼休みになると、私はいつものように佐野くんと屋上に
は向かわず、自分の席でお弁当を広げた。

　その様子を小田さんは満足そうに眺めている。

　これで、いいんだよね。

でも、彼はちがった。

「おい、櫻田、屋上行かないのか?」

　どうするのが、一番いいのかな。

　短い時間で悩んだ末、私は佐野くんを無視することにした。

　私は佐野くんを傷つけたりなんかしたくない。

　佐野くんのことは私が守る……。

　そんな私の決意は伝わらなかったのか、佐野くんは私の手を取った。

「来い」

　いつもより強引に手を引き、私を教室から連れ出す。

　そうして連れてこられたのは、いつも一緒にお弁当を食べている屋上だった。

　今日の屋上は特別寒く感じた。

　吹きつける冷たい風に、反射的に肩をすくめる。

「なんでシカトみたいなことしてんの?」

　私はなにを答えていいかわからなくて下を向いた。

「ちゃんとこっち見ろよ」

　それでも下を向き続ける。

「あのチョコ、ホントに高橋のために作ったのか?」

　え……?

「ホントに、あんたは高橋のことが好きなのか?」

　……佐野くんにだけは誤解されたくない。

　だって私が本当に大好きなのは、佐野くんだから。

　でも、大好きだからこそ、本当のことが言えない。

　私はもう佐野くんとは関わらない。

そう決意したんだ。

　なにも反応しない私に、佐野くんは続けた。

「ただの俺のうぬぼれかもしれない。でも、あんた、俺が
チョコとプリンが好きなこと、よく知ってるだろ？　だか
ら中身を見た瞬間、もしかしてホントは俺に作ったんじゃ
ないかって思った」

　そうだよ、そのとおりだよ……。

　佐野くんが大好きなチョコレート味のプリン、何度も何
度も、練習したんだよ……。

　佐野くんのことだから、すぐに私の心を読みとってしま
いそうで。

　私は読みとられまいと下を向き続けた。

「やっぱり、ただのうぬぼれなのか？　櫻田……」

　佐野くんの視線を、痛いほど感じる。

　でも、私は佐野くんの目なんて見られない。

　佐野くんの目を見て嘘なんてつけない……。

「櫻田、答えて……俺の、うぬぼれなのか？」

　私は佐野くんを守るって決めたんだ。

　私は下を向いたまま、その言葉に小さくうなずいた。

「櫻田……」

　佐野くんの声が震えているような気がした。

　きっと、屋上が寒いからだ。

　私はそう思いこむことにした。

　お願いだから、早く私の前からいなくなって……。

　そうじゃないと……。

Episode #2 >> 119

　そうじゃないと、本当のことを言ってしまいそうになる……。

　佐野くんが好きだって。

　一緒にいたいって、言ってしまいそうになるから……。

「櫻田」

　彼はもう一度、私の名前を呼んだ。

「ごめん、俺はあきらめが悪いから」

　そう言って、私の顎を指で持ちあげた。

　私には佐野くんと目を合わせる以外、選択肢がなくなってしまう。

　ダメ、見すかされる……。

「もう一度答えろ。あんたは高橋が好きなのか？」

　うなずきたくない、嘘なんてつきたくない。

　でも佐野くんのこと、守りたい……。

　短い時間で頭の中で葛藤を繰り返し、私はなんとか、うなずいてみせる。

「俺とはもう、ごはん一緒に食べたくない？」

　食べたいに決まってるよ。毎日楽しみにしてたの。

　佐野くんと一緒に食べるごはん、すごくおいしかったのに……。

　私はもう一度、なんとかうなずいてみせた。

「俺のこと、嫌いになった？」

　なるわけない。

　なれるはずがない。

　私は溢れだす涙を抑えられなかった。

「……俺が、泣かせてるのか？」

　そうだよ……。

　佐野くんが、佐野くんのことが好きすぎて泣いてるんだよ……。

　私は大きくうなずいてみせた。

　佐野くんはすごく傷ついた顔をしていた。

　彼を傷つけたくなんてなかった。

　彼にこんな顔させたくなかった。

　でも、こうするしかないの。

　私は佐野くんを守りたいから。

　私のせいで佐野くんがいじめられちゃうなんて、絶対に嫌だから。

　私は佐野くんに、こんなことしかしてあげられない……。

　私はぎゅっと唇を噛みしめて佐野くんの手を払いのけた。

"バイバイ"

　私はそう唇を動かした。

　そして彼に背を向けて屋上を出た。

「バイバイって、なんだよ……」

　彼がそうつぶやく声が背中ごしに聞こえた。

　ひとりで教室に戻ると、小田さんが安心したように私を見て言った。

「私の忠告も聞かずに、まだ佐野くんと一緒にいるつもりかと思ったわ」

　私の頭に小田さんの言葉はあまり入ってこなかった。

Episode #2 >> 121

　佐野くんのことで頭がいっぱいだった。

　彼の傷ついた顔が脳裏に焼きついて離れなかった。

「安心して、ちゃんと約束は守るから。佐野くんのことは
いじめない」

　よかった。

　ちゃんと佐野くんのこと守れたんだ。

　それだけが唯一の救いだった。

　しばらくして佐野くんも席に戻ってきた。

　彼がこっちを見ているような気がしたけど、私は彼を見
ないようにした。

　佐野くんと関わる前に戻っただけ。ただそれだけのこと。

　私は自分にそう言いきかせた。

　けれど……。

　佐野くんがいないとき、私どうしてたっけ？

　お昼休みはこの席でごはんを食べて……。

　でもどうやって？

　休み時間はヘッドホンで耳をふさいで……。

　どんな音楽聞いてたっけ？

　どうしよう、全然わかんない。

　佐野くんがいないときのことなんて、全部忘れちゃった
のに……。

　私はもう一度泣いてしまいそうになるのを必死でこらえ
た。

　今までなら涙をこらえることだって簡単だったのに、涙
のこらえ方まで忘れちゃった……。

私は机に突っぷして顔を隠した。

はじめて小田さんに弱さを見せてしまったような気がした。

次の日から、私は完全に佐野くんと関わることをやめた。

ときどき佐野くんの視線を感じたりするけど、もう私に話しかけてくることはない。

小田さんも、私が佐野くんに守られなくなったことを知って、ふたたび机を隠したり、授業中に嘘をついたり、頭の上でお弁当をひっくり返したり……。

せっかく佐野くんがんばってくれたのに、全部水の泡だ……。

それでもいい。

すべて、佐野くんを守るためだから。

でもそれって、佐野くんのせいで私がいじめられてるって言ってるみたい……。

そういうことじゃないのに……。

ただの言い訳にしかならない気がして、結局なんのために佐野くんから離れたのかわからなくなった。

どうすればよかったの？

どうすればいいの……？

そんな疑問にばかり悩まされた。

答えを見つけることができないまま、1週間がたった。

休み時間はいつものようにヘッドホンで耳をふさいでい

た。

　佐野くんがくれたヘッドホン。

　これが今の唯一の佐野くんとの繋がり。

　もう佐野くんの誕生日をお祝いすることもできないのか
な……。

　そう思っていると、小田さんが私の前に現れた。

　右手にはハサミ。

　いつかもこんな展開があったような……。

　でも、このヘッドホンはワイヤレスだもん。

　前みたいにコードを切られることはないよね。

　それに、佐野くんからもらったものだから、絶対壊され
たくない……。

　そう思っていると、彼女は私の髪の毛を思いっきり引っ
ぱった。

　痛い……！

「なんで私が佐野くんから誕生日プレゼントもらえないの
に、あんたがもらってるのよ」

　え、いまさらなに……？

　ずっと前から使ってたのに……。

　私は小田さんの言葉を疑問に思った。

「毎日毎日、私の横で見せつけるように使って……もう我
慢できない」

　もしかして小田さんって……。

　私がなにかに気づきはじめたとき、彼女は引っぱってい
た私の髪の毛をハサミで切りおとした。

え……嘘……！

目の前でハラハラと長い髪の毛が落ちる。

「ちょ、ちょっと、それはさすがにやりすぎじゃ……」

小田さんの周りの女子たちでさえ驚いていた。

「べつにいいでしょう！　いい？　もうそのヘッドホン、二度と使わないで」

彼女はそう言うと、私のもとから去っていった。

切られた右側の髪の毛を手で触る。

胸の下まであった髪の毛は、鎖骨までほどの長さになっている。

そのうえ、左側は長いままで、なんともアンバランスな髪形だ。

嘘だ……こんなことあるわけ……。

なんで、なんで髪の毛を切られなきゃならないの……？

私は短くなった髪の毛を何度も触った。

クラスの人たちも、みんな驚いた顔をしている。

どうしよう……。

今度ばかりはどうしようもない。

もう、取り返しがつかない。

そう思ったとき、目の前に座っていた彼が立ちあがった。

彼は小田さんと同じように、右手にハサミを持っている。

佐野くん……？

「その髪、俺が切る」

私は最初、彼が言ったことを理解できなかった。

……え？

Episode #2 >> 125

　佐野くんが私の髪の毛を切るの……!?
「大丈夫」
　彼は私の耳もとでそうささやいた。
　佐野くんの声だ。
　私を何度も安心させてくれた声……。
　私は佐野くんに大きくうなずいて見せた。
　彼は私の髪の毛にハサミを入れはじめた。
　すると、クラスのみんながそれを見てざわめきはじめる。
「なんか……美容師みたい」
「うん、プロみたい……」
　私は佐野くんが切っている様子を見ることはできないけ
ど、音でなんとなくわかった。
　たしかに、美容院で切ってもらってるときみたいな音が
する……。
　佐野くんって、何者なの……?
　しばらくじっとしていると、佐野くんが手を止めた。
「だれか、大きめの鏡持ってない?」
「私、持ってるけど……」
　佐野くんは近くにいた女子から鏡を借りた。
　そして私に鏡を向ける。
「どう?」
　髪の毛は完全に短く切りおとされていた。
　けれど、キレイに整えられた前下がりのショート。
　ホントに、美容院で切ってもらったみたいだ……すご
い……!

「俺は……可愛いと思う」

　佐野くんから聞いた"可愛い"の言葉に、一気に頬が熱くなるのがわかる。

　佐野くんに可愛いって思ってもらえるだけで、十分すぎるくらいにうれしくなる。

「余計なことをしたなら悪かった」

　彼はそう言って、掃除用具入れの方へ向かった。

　切りおとした髪の毛を集めるつもりだろう。

　どうしよう、また助けられてしまった……。

　ありがとうって言うくらい、許されるよね……？

　そう思って佐野くんに近づこうとすると、小田さんが教室に戻ってきた。

　彼女がいる前で佐野くんに話しかけるわけにもいかず、お礼が言えなくなってしまう。

　残念に思っていると、小田さんは私を見てゆるゆると目を見開いた。

「え……なにその髪形……なんで……！」

「佐野が切ったんだぜ、すげーだろ！」

　クラスの男子が興奮ぎみに小田さんに教えた。

「佐野くんが……？　なんで、なんでいつも櫻田さんなんかのこと!!」

　彼女は取りみだしたように叫ぶ。

　……やっぱり、そうなんだ。

　私は確信した。

　小田さんは、佐野くんのことが好きなんだ。

その日の昼休み、私は小田さんに空き教室に呼び出され
ていた。

そこには高橋くんもいた。

「なんだよ、小田。櫻田まで連れてきて……」

高橋くんも状況を理解できていないようだ。

どういうつもりで私たちを呼び出したんだろう……？

不思議に思っていると、彼女は腕を組んで口を開いた。

「あなたたち、今日から付き合って」

「……は？」

　……え？

小田さんの突拍子もない言葉を、私も高橋くんも理解す
ることができなかった。

「つ、付き合うってなんだよ。なにしろって言うんだよ」

「べつに、なにもしなくていいわ」

「いや、全然わかんないんだけど」

私も全然わからないんだけど……。

「作戦は、明日決行」

「待って、全然話が見えないんだけど」

高橋くんも困惑しきっているようだ。

「明日の昼休み、佐野くんの前でふたりにキスをしてほし
いの」

「き、キス!?」

佐野くんの前で、他の男の人と……？

なんでそんなこと……。

「わかってると思うけど、私の言うことは絶対だからね、櫻

田さん。佐野くんのこと、いじめてほしくないんでしょ？」

　それは、そうだけど……。

　好きでもない人とキスなんて……しかも、佐野くんの前
で……。

　そんなの絶対に嫌だ。

　佐野くんに他の人が好きだなんて思われたくないのに。

　他の人と付き合っているなんて、思われたくないのに……。

「それから、櫻田さんから高橋くんにキスをすること。以
上！　じゃあまた、明日の昼休みね」

　言うだけ言って、小田さんは先に教室から出ていった。

　空き教室には、私と高橋くんだけが残される。

「どうするんだよ……」

　高橋くんも困っているみたいだった。

「だってお前、俺のこと好きなわけじゃないんだろ？」

　私は遠慮がちにうなずいた。

「あのチョコプリンだって、俺に作ったわけじゃなさそう
だったしな」

　高橋くん、わかってたんだ……。

「なんつーか、ごめん。さすがにやりすぎた。誰かのため
に、櫻田が一生懸命作ったプリンだったのに、あんな無駄
にするようなことして、ごめん。謝ってももとに戻るわけ
じゃないけど」

　高橋くんは気まずそうに目をそらした。

　高橋くんに……謝られた……。

　クラスの誰かに謝られたのは、はじめてのことだ。

Episode #2 >> 129

「……明日、ちゃんとやらねーと、アイツすげー怒ると思
う、かなり面倒」

　彼はあきれたようにため息をついた。

　佐野くんが言ってた、小田さんが怖いから一緒にやって
るだけっていうのは、本当なのかも。

「だから……」

　彼は、明日やり過ごすための作戦を考えてくれた。

「ま、なんとかなるだろ。お互いがんばろーぜ」

　高橋くんはそう言って先に教室に戻っていく。

　もしかして、みんな高橋くんみたいに根はいい人なのか
な……。

　私が知ろうとしなかっただけで、私のまわりは、悪い人
たちばかりじゃないのかもしれない。

　そんなのんきなことを考えた。

　とりあえず、明日は作戦どおりがんばろう……。

　私もしばらくして教室に戻った。

大切な人の守り方

　次の日の昼休み。

　私は小田さんに指示されたとおり、高橋くんとふたりで屋上に向かった。

「いいか、昨日練習したとおりだからな。小田の方に斜め向きに体を向けて、お前が背伸びして俺に顔を近づける。ちょっと顔を右に傾けたら、たぶんいい感じになるはずだ！」

　私は高橋くんに力強くうなずいた。

　昨日、話し合った作戦。

　それは、ふたりで協力して、キスをしたように見せかけることだった。

　屋上に出ると、風が強く、凍えてしまった。

「さ、さむ……櫻田ー、大丈夫かー」

　私は「うんうん」と首を縦に振った。

「つーかお前って、ホントはなんの変哲もない、ふつーの女だよな」

　私はよく意味がわからなくて高橋くんの方を見た。

「声が出ないのと、ちょっと見た目がギャルっぽいこと以外は、とくにふつーだなって思って。顔もまあ可愛い方だし。悪いヤツじゃないみたいだし。その髪形も、結構似合ってるぜ」

　高橋くんはニッと笑ってみせた。

Episode #2 ≫ 131

　高橋くんって……本当にいい人だったんだ……。

　私はクラスのみんなを敵に回して、ひとりひとりのこと
なんかなにも見てなかった。

　私をいじめてたことに変わりはないけど、そうやってひ
とりひとりと向き合っていけば、なにか変えられるのかな。

　小田さんともうまくやっていけたり、しないのかな……。

　そんなことを考えていると、高橋くんがふたたび口を開
いた。

「アイツは……小田は、気づいてるかもしれねーけど……
佐野のことが好きなんだ」

　やっぱり、そうなんだ……。

「だから、お前と佐野が仲よくしてるとこ見てヤキモチ焼
いたっつーか。それでこんな行きすぎたことやってるんだ
と思う。最近とくにひどいだろ？　やることが。けど、ア
イツには誰も逆らえなくて、みんな標的にされたくなくて
小田の味方をしてるんだと思う。俺は少なくともそうだ。
だから俺らは弱い人間」

　私は、もしいじめの標的じゃなかったら、小田さんの味
方してたのかな。

　それとも、佐野くんみたいにいじめられてる人を助けら
れたかな。

「お前とか佐野は、強い人間だよな。佐野はまあ、いじめ
るキャラじゃないっていうのもあるけど。お前を助けよう
とがんばってるとこ、すげーカッコいいと思う」

　やっぱり佐野くんは男から見てもカッコいいんだ。

「それからお前は、絶対負けなかったよな。不登校になる
わけでもない、やり返すわけでもない。絶対泣いたりもし
なかった。カッコいいな」

　ただの自分の負けず嫌いを見てくれている人がいるんだ。

　カッコいいって、思ってくれる人がいるんだ。

　もう、なにも怖くないや。

「なんか、結構ぶっちゃけたな……俺もそっち側回ろっか
な」

　高橋くんがそうつぶやいたとき、屋上の扉が開いた。

　現れたのは、小田さんと佐野くんだった。

　私がここで高橋くんとキスするところを見せて、佐野くん
に誤解させて、小田さんと佐野くんがくっつくようにする。

　そういう……作戦だよね。

　私は頭の中で考えてる途中で、佐野くんとの思い出を混
ぜてしまった。

　黒板を一緒に消してくれたのがはじめだった。

　それから一緒に掃除して、チョコをくれて、メール送り
合って、誕生日も祝ってくれて……。

　体育の見学中に佐野くんのこといろいろ知って、倉庫に
閉じこめられたときも助けにきてくれて、屋上で一緒にご
はんを食べて。

　私のために、たくさんがんばってくれて……。

「おい、櫻田、なにぼーっとしてんだよ。早くしねーと……」

　高橋くんの声で我に返った。

　そうだ、これは佐野くんのため……。

Episode #2 >> 133

　佐野くんを守るため……。

　私は高橋くんのネクタイをつかみ、くいっと自分の方に引きよせた。

　練習とちがうキスに高橋くんは驚いていた。

　フリであることに変わりはないけれど。

　極限まで顔を近づけていると、小田さんが口を開いた。

「ねえ、見た？　前に櫻田さん、チョコプリン受けとってもらえなかったけど、なんだかんだでうまくいったみたいね」

　私はつい佐野くんの方を見てしまった。

　あ、目が合った……。

　けれど、彼の目にはなにも映っていないみたいだった。

　彼はそのまま背を向け、フラフラと階段をおりていく。

　その背中を見るだけで、彼が深く傷ついていることがわかった。

　今までで一番傷ついていたように見えた。

　私は彼が傷つかないように、こんなことをしているはずなのに。

　彼を守るために誤解させたはずなのに……私はまちがっていたの？

　ただ、彼のことを裏切っているだけなの……？

　今までたくさん小田さんに傷つけられて、つらい思いをして……私が傷つくだけなら耐えられる。

　でも、佐野くんまで同じように傷つけてしまうのは嫌だ。

　大好きな彼を傷つけるようなことだけはしたくない。

だから、嘘をついたのに……。

　なのに、あんな悲しそうな顔をさせてしまうなんて……。

　私自身が、彼を傷つけてしまうなんて……。

　……嫌だ、こんなの嫌だ……。

　やっぱり佐野くんには誤解されたくない。

　佐野くんには知ってほしい。

　私の好きな人は高橋くんなんかじゃない。

　他の人になんて興味ないの。他の人じゃダメなの。

　佐野くんのこと、好きだって、佐野くんのこと、大好き
だって知ってほしい……！

　私は佐野くんのことを追いかけようと、駆けだした。

「ちょっと、ダメに決まってるでしょ！　ここであんたが
行ったら、私と佐野くんがうまくいかないじゃない。私が
なぐさめに行ってくるから」

　屋上の入り口で、私は止められてしまった。

　小田さんには身長も体格も負けている。

　抑えこまれて動けなかった。

　その間にも佐野くんの背中はどんどん小さくなっていく。

　嫌だ、誤解しないで。

　ねえ、佐野くん……。

　私が好きなのは佐野くんなの。他の人になんて興味ないの。

　いつも私を助けてくれる佐野くんが好き。

　守ってくれる佐野くんが好き。

　ずっとずっと佐野くんのそばにいたい。

　佐野くんの隣で笑っていたい。

Episode #2 ≫ 135

　また一緒に屋上でごはんを食べて、佐野くんがデザート
のプリンを先に食べちゃって、そのプリンを私に一口くれ
て……そんなささやかな毎日でいいの。

　大きなことなんて望まない、特別なことなんていらない。

　ただ、佐野くんと一緒にいたいだけなの、佐野くんに好
きだって伝えたいだけなの。

　この気持ち、全部全部知っていてほしいだけなの……。

　彼のことを傷つけたくない、彼のことを守りたい。

　でも、こんな守り方はまちがってる。

　彼を余計に傷つけているだけ。

　本当の気持ち、ちゃんと伝えなきゃ……。

　どうすれば……。

　私は大きく息を吸った。

「……っ！」

　彼の名前を呼ぼうと、必死に声を出そうとする。

　でも、声が出ない。

　お願いだから、出てよ……。

　佐野くんはいつも、私のことをなんだってわかってくれる。

　脳内が透けて見えてるんじゃないかってくらい、私の
思っていることをすぐに当てちゃう。

　でも、言葉にしなきゃ伝わらないことだってある。

　声にしなきゃ、この気持ちは伝えられない。

　自分からこの気持ちを声にしなきゃ……私の声で、佐野
くんに言いたいことがたくさんあるから……。

　だから、佐野くん……私に……私に、佐野くんを呼びと

めるための声をください……！

　私はもう一度、大きく息を吸った。

　そして、力いっぱい叫ぶ。

「……佐野くん！」

　声が……声が出た……！

「え、嘘、なんで!?」

　小田さんは驚いて私から手を離した。

「佐野くん！」

　偶然なんかじゃない。本当に声が出せるようになってる。

　何度も、何度でも彼の名前を呼ぶことができる。

　佐野くんはこっちを向いて立ちつくしていた。

　今までに見たことのない、すごく驚いた顔をしていた。

「櫻田……？　櫻田の……声？」

「うん、そうだよ。……私の声、やっと出せた」

　やっと出せた、やっと、やっと声が出せた……。

　私にはもう、声があるんだ。

　彼に想いを伝えるための声、大好きだって伝えるための声。

　佐野くんに本当の気持ち、伝えなきゃ……。

　絶対に、絶対に誤解されたままなんてダメだから。

「佐野くん……」

　私は大きく息を吸った。

「好きです……佐野くん、大好きです！　どうしようもな
いくらい、佐野くんのことが好きなの!!」

　佐野くんはゆるゆると目を見開いた。

「私と一緒にいたら、私のかわりにいじめられちゃうかも

しれない。佐野くんがつらい思いをしてしまうかもしれない……それでも私が佐野くんを守るから……だから……佐野くんと一緒にいること、あきらめたくない！」

　私は一歩一歩、彼に近づいた。

　小田さんも高橋くんも、私を止めようとはしなかった。

　ふたりとも、驚いて動けなくなっているようだった。

　私は、彼の目の前で足を止める。

「佐野くん、大好きです」

　ゆっくりと、私の気持ち全部が伝わるように、今まで言えなかった大好きを全部込めるように、彼の目を見てもう一度、声にした。

　その言葉を聞いて、彼は私をぎゅっと抱きしめた。

「俺も、好き、すげー好き……あんたに先に言われるなんてホント、カッコ悪い……。それでも好きだ。あんたに負けないくらい、あんたのことが好きだ……！」

　佐野くんはぎゅーーっと、痛いくらいに強く抱きしめる。

　私は彼の言葉にゆるゆると目を見開いた。

　嘘……佐野くんも、私のこと好きでいてくれたの？

　同じ気持ちでいてくれたの？

　私のことが好きだから、ずっと守ってくれていたの？

　ずっとそばにいてくれたの？

　彼に聞きたいことはたくさんある。確かめたいことはたくさんある。

　でも、彼の気持ちは、私を強く強く抱きしめる腕から痛いくらいに伝わってきた。

「俺を守ろうとして、俺から離れたの？」

「うん」

「俺がいじめられないように？」

「うん……」

「バカだな、ホント、バカなヤツ……」

　佐野くんは私の目をまっすぐ見据えた。

「俺はもう十分あんたに守られてる。守るのは俺の役目だ。いじめられたって平気だ。俺にとって一番つらいのは、あんたがそばにいないことだから……もう、離れたりなんかすんな」

　佐野くんが、そんな風に思っていてくれたなんて夢みたい……。

　佐野くんは、自分がいじめられることより、私のそばにいることを選んでくれるんだ。

　そんなこと、考えてもみなかった。

　でも、私だって、どれだけつらい思いをしたって、佐野くんがそばにいないのは絶対に嫌だ。

　彼のそばにいたい。

　佐野くんも私も、同じ気持ちなんだ……。

「うん、うん……」

　私は何度も何度もうなずいてみせた。

　苦しいくらいうれしくて、ボロボロと涙を流した。

「泣くなよ、バカ」

「さっきからバカしか言われてない……」

「あんたがバカなのが悪いんだ」

Episode #2 >> 139

　佐野くんは自分の額を私のそれに合わせた。

「好きだ、珠李……」

　名前で、呼んでくれた……。

「私も佐野くんのこと……」

「佐野くん？」

「ううん、私も、悠梓くんのこと大好き」

　私ははにかんでみせた。

「その顔、反則」

「へ？」

　意味を聞き返す前に、私は唇をふさがれた。

　いきなりのキスに、私の肩は跳ねあがる。

　瞬きすらできない。ゼロセンチ先に、彼がいる。

　彼と触れているその部分だけが温かい。

「俺の彼女になって」

「彼女……」

　大好きな人に大好きだと伝えられた。

　それだけで、十分すぎるくらいにうれしかったのに。

　彼も私に好きだと言ってくれて、そのうえ、私を彼女に
してくれるなんて……。

　私を、彼の特別な人にしてくれるなんて……。

「本当に、本当に私を彼女にしてくれるの……？」

「当たり前だろ、バカ」

　彼は私の目を見つめ、小さく笑ってくれる。

　私の心は温かいなにかで満たされた。

　佐野くんの彼女になりたい。

佐野くんの彼女として、ずっとずっと隣にいたい。

「……うん、私、彼女になる。佐野くんの、彼女になりたい……」

「……よかった、あんたが同じ気持ちでいてくれて。すごく好きだから、大好きだから……」

　視線を絡ませると、お互いに少し照れくさくなって、はにかみ合う。

　でも、そんな瞬間も、すべてが愛おしくて。

　私たちは引きよせられるように、もう一度小さくキスをした。

Episode　# 3

少しずつ、一歩ずつ

　それから小田さんは、私たちに声をかけることもなく、
高橋くんを連れて屋上を出ていった。
　私たちはふたり、屋上から出たすぐ近くの廊下に取りの
こされる。
「よかったな。声、出せるようになって。あんたの声、ずっ
と聞きたかった。それに、すごくキレイな声。透きとおる
ような声、してるんだな」
「そう……かな。なんだか、そんな風に言われるとはずか
しいね」
　私は彼にはにかんでみせた。
「どうして、いきなり出るようになったんだ？」
　私は数分前のことを思い出した。
「一生懸命お願いしたの。佐野くんに誤解されたくなくて。
私の好きな人は佐野くんだって、どうしても知ってほしく
て……佐野くんの名前を、どうしても呼びたくて……。だ
から、佐野くんを呼びとめるための声を私にくださいっ
て、一生懸命お願いしたの。そしたら願い事、ちゃんと
叶った」
「なんだよ、その可愛い願い事……」
「か、可愛い……！」
　彼の可愛いという言葉に、私の頬はぽっと赤くなった。
「バカ、そういう反応されるとこっちも困るから……」

お互いが照れてそっぽを向いた。

「でも、しゃべる櫻田っていうのは、なんか違和感あるな……」

　あ、名字に戻ってる……。

　少し残念に思えた。

「おい、どうしたんだ」

「べつに、なんでも……」

　私は唇を尖らせる。

「あんたは、俺がなんでもお見とおしなことを忘れたのか?」

「え……?」

　彼は私の耳もとに唇を寄せると……。

「珠李」

　そうつぶやいた。

　そのとたん、一気に体中の熱が顔に集まるのがわかる。

「そ、そういうのはズルいよ、ダメだよ……」

「じゃあ、櫻田でいい?」

「だ、ダメ!」

「わがまま」

「普通に呼んでほしいの……」

　優しい彼だけど、こういうときは意地悪みたいだ。

　でも、こういう佐野くんも好き……。

「で、あんたは呼んでくれないの?」

「え?」

「佐野くんのまま?」

　あ、そっか、そうだよね……。

さっきは勢いで言えたけど、冷静になると結構照れ臭いものが……。

「ゆ、悠梓……くん？」

「呼び捨て」

「……悠梓」

　難易度高すぎる……！

「……くん付けからでお願いします」

「仕方ねーな。じゃあ、くん付けでいいからもう1回練習、ほら」

　容赦ないな……Sっ気もアップしてる。

　私は観念して、もう一度彼の名前を呼ぶことにした。

「……悠梓くん？」

「お、おう……」

　ん？　照れた？

「それはやめろ」

「へ？　ふむっ」

　彼は片手で私の両頬をつかんだ。

「上目遣い禁止令。……俺が死ぬ」

　そ、そんなこと言われても身長差的に無理があるっていうか……。

　照れたり、怒ったり、意地悪になったり、優しくなったり。

　コロコロ変わっておもしろいな……。

　それに、どの悠梓くんも大好き。

「そろそろ、教室に戻るか」

「うん、そうだね」

Episode #3 >> 145

　彼の隣に立ち、教室までの廊下を一緒に歩く。

　たったそれだけのことがうれしくて、私は幸せな気持ち
になれた。

　それが、顔にも出ていたみたいで……。

「ほら、教室着いたから、そのゆるゆるなほっぺた、やめろ」

「えっ!?」

　私はあわてて両手でほっぺたを押さえた。

「ふっ、ヘンな顔」

「誰のせいだと……」

　そんな風に普通に会話をする私たちを見て、クラスの人
たちが一瞬固まった。

「櫻田が……」

「しゃべってる……?」

「しゃべれるように……なりました……?」

　……っていう報告はおかしいかな?

　なんて不安に思っていると、クラスのみんなが私の方に
集まってきた。

　私は驚いてきょろきょろとみんなの顔を見渡した。

　けれど、そこに小田さんと高橋くんの姿はなかった。

「すげー!　櫻田がしゃべってる!」

「なんで!?　どうやったら声出たの?」

「つーか、櫻田がニコニコしてるところ、はじめて見た……」

「たしかに!　いっつも無表情な感じで……」

「それって俺らが悪いんじゃない?」

「あ……」

一気に気まずい空気が流れた。

「ごめん、俺ら小田さんに逆らえなくて……いや、それだけじゃない、楽しんでた。ホント、ごめん……」

「私もごめん、櫻田さんはなにも悪くないのに……」

　みんなが口々に私に謝りはじめた。

　はじめて聞く、いじめていた側のみんなの気持ち。

　みんな、自分が標的になりたくなくて私をいじめていたのもあるけれど、単純に、楽しんでもいたんだ。

　その言葉に、少し心が痛んだ。

　でも、だからって許せないわけじゃない。

　だって、私だって……。

　私がなにも答えられずにいると、悠梓くんが横で口を開いた。

「あのな、口で謝って許されるわけねーだろ。いきなり態度変えやがって……あんたら、こいつにしたこと、全部覚えてる？　机は隠されてるし、教科書は捨てられるし、頭から水をかけられる。しかも、真冬に。体育だって片づけ押しつけられて、そのうえ倉庫にまで閉じこめられた。こいつは死にかけて1日半も眠ってたんだ。それ知ってて言ってんのかよ」

　悠梓くんは聞いたこともない強い口調で、みんなを怒鳴りつけた。

　ううん、聞いたことある。

　倉庫に助けにきてくれたときと同じ、私の名前を何度も呼んでくれた声……。

「そうだよね、ごめん……」

「だから、その"ごめん"は意味ねーって言ってんの」

「うん……」

　口々に謝っていたみんなが、佐野くんの言葉を聞いて黙りこんでしまう。

　たしかに、謝られたからって、今までのこと全部を笑って済ませることはできない。

　事実はずっとずっと変わらない。

　それでも。

「悠梓くん……」

「けど、けどこいつは、それでもあんたらのこと許してしまうんだよ……」

　……そうだ、悠梓くんは全部知ってるんだ。

　私が考えてることなんて、お見とおしなんだ……。

「私は……たしかに、ずっとつらかった。クラスのみんなが敵で、居場所がなくて……それでも学校に来てたのは、ただ私が負けず嫌いだったから。最初はね」

　みんなは黙って私の声に耳を傾けていた。

「でも、最近は悠梓くんが私のこと、たくさん助けてくれて……だから、学校に行く意味を見つけられたの。それに考え方もどんどん変わっていった」

　それは全部、悠梓くんの優しさのおかげだ。

「最初は正直、クラスのヤツら全員くだらない、とか思ってた。不愉快だって思ってた。だから私には、みんなを怒る権利なんてないんだと思う。だから、謝ったりしなくて

いい」

　口に出さなかっただけで、態度に出さなかっただけで、みんなのことを蔑んでいた。

　本当は私が一番ズルいことをしてたのかもしれない。

「でも今は、そうは思ってない。私がみんなを知らなかっただけで、ひとりひとりをちゃんと知ろうとしなかっただけで……。きっとみんなはいい人なんだと思う」

　私はみんなに、はにかんでみせた。

「でも、今までずっとみんなと関わってこなかったから、急にみんなで仲よしー、とかは正直できない。それは単純に慣れの問題で……みんなのことを悪く思ってるわけじゃないです。いつか、みんなの仲間に入れたらなって、思う」

　……って、ちょっといろいろぶちまけすぎたかな？

　ついノリというか、雰囲気に流されて……。

　急に焦りを覚えた。

「うん、そうしよう！」

　すると、ひとりの女子が私に賛同してくれた。

「え……？」

「私も櫻田さんと、いつか仲よくなれたらって思うよ！　だから賛成」

「俺も俺もー！　なんなら今すぐ仲よくなって……」

　そう言いながら男子が両手を広げてくる。

　これは、どういう意味……？

「抱きついてきてくれてもいいんだぞ？」

　え、そういう意味!?

Episode #3 >> 149

「コラ、どさくさにまぎれて人の女に手出すな」

「人の……」

「女……？」

　人の女……！

　悠梓くんって、そういうこと言うの!?

　驚いたのは私だけじゃないらしく、みんなもポカンと口を開けて唖然としている。

「え、なに、付き合ってんの!?」

「うん」

　悠梓くんは無表情のままピースサインをしてみせた。

　悠梓くん、それ好きなの……？

「えー、ちょっとショック！」

「みんなの佐野くんだったのにー」

　そうだよね、悠梓くんモテるんだもん……。

「でも、たしかに、佐野くんって櫻田さんとはよくしゃべるよね」

「あ、わかる！　いっつも"うん"とか"べつに"とか、だいたい３文字以内で返されるのに、櫻田さんとしゃべるときだけはちゃんと文章だよね！」

「そうそう！」

　文章っていっても、必要最低限のことしかしゃべってないような……。

　でも、単語に比べたら、たしかによくしゃべっている方……なのかな。

「俺は人としゃべるの苦手なんだ。でも、珠李は……別」

悠梓くんは照れくさそうに頭をガシガシとかいた。

「ねえ、珠李だって！　やばーい!!」

　女子たちはきゃっきゃと騒ぎだした。

「ここまでくると、逆に応援したくなるよね！」

「そうだね！　ふたりともお幸せに！」

　今まで敵対していたみんなが、私たちのことを応援して
くれている。

　素直に、うれしかった。

「俺が相手だ、幸せにならないわけがない」

　また俺様な発言を……！

　クールで無口な悠梓くんが、こんなことを言うなんて。

　私の知らない彼は、まだまだたくさんいるようだ。

「櫻田、顔まっ赤になってる、ははっ」

　目の前にいたクラスの男子に笑われ、私の顔はさらに赤
くなってしまう。

　はずかしいけど、でもやっぱりうれしい。

　私の世界は変わったんだ。

　悠梓くんに出会えたから。

　悠梓くんが助けてくれたから。

　悠梓くんが、声をくれたから……。

　悠梓くんには、感謝してもしきれない。全部全部、悠梓
くんのおかげ。

「悠梓くん、ありがとう」

「なんだよ、急に。はずかしいヤツ」

　そう言って彼は、耳をまっ赤にしながらそっぽを向いた。

Episode #3 >> 151

　昼休みが終わると、いつものように５時間目の授業がは
じまった。
　私は授業を聞きながら、隣にいる小田さんをこっそり盗
み見る。
　彼女は頬杖をつき、ぼんやりと黒板を眺めていた。
　無表情な彼女から気持ちを読みとることはできなかった
けれど、彼女の頬に、涙が伝ったような跡が見えた。
　……もしかして、泣いたのかな？
　小田さんは、今なにを考えているんだろう……。
　私は授業に集中できず、彼女のことをずっと考えていた。

　放課後、私は悠梓くんと一緒にお墓参りに来ていた。
　もちろん、私のお母さんの。
　近くのお花屋さんで買ったお花と、私の好物のチョコ
レートをお供えした。
「チョコレートはおかしくないか？」
「いいの。おいしかったらなんでもよし！」
「なんだよそれ。じゃあ俺も」
　悠梓くんはポケットからチョコレートとアメ玉を取り出
してお供えした。
「悠梓くんこそおかしいよ、ふふっ」
「おいしかったらなんでもいいんだろ？」
「そうだよ。悠梓くんは本当に甘いものが好きだよね」
「うるせ」
　彼は私の頭を小さく小突いた。

「いいのかなー？　彼女のお母さんの前でこんなことして」

　いつも意地悪されてるから、ちょっとくらい……。

　そんな軽い気持ちで言ってみたのだが、彼には冗談が通じなかったようで。

「あ、やばい」

　悠梓くんは背筋を伸ばし、マジメな顔で私の頭をなではじめた。

「珠李はとてもいい子です」

　や、やばい……可愛すぎる……！

　私は思わず、肩を揺らして笑ってしまった。

　そのあともう一度、小突かれてしまったのは言うまでもない。

「ほら、せっかく声が出せるようになったんだ。言いたいこと言えよ」

「そうだね」

“絶対聞こえるから”

　いつか彼が私に教えてくれたこと。

　私も、そう思う。

　悠梓くんのこと、全部信じてる。

「お母さん……ごめんね、たくさんひどいこと言って……傷ついたよね、そんな顔してた。それなのに、最期まで私のこと、ちゃんと笑顔で見送ってくれたよね。お母さんはホントに強い人だった、カッコよかった。私の記憶の中のお母さんは、いつも笑ってるんだよ」

　いつもお母さんが私に笑いかけてくれたように、私もお

母さんのお墓に笑いかけた。

「それに、いつも私がお見舞いに行ったとき、珠李って名前呼んでくれたよね。ありがとう、うれしいって、絶対言ってくれたよね。私、その言葉、ホントに、本当にうれしかった。それなのに私は、お母さんを傷つけることしかできなかった。ごめんなさい……」

　私はそっと墓石に触れた。

「今さら遅いけど、でもきっと聞いてくれてるよね。ひどいこと言って傷つけた私のこと、許してくれないかもしれないけど……私の気持ち、聞いてほしいの。……私、お母さんのこと大好きだよ！　私もお母さんに会えてうれしかった。いつも私に笑ってくれてありがとう。最期までがんばって病気と闘ってくれてありがとう。ずっとずっと大好きだから……」

　伝えたかった想いを、すべて声に乗せる。

　お父さんとお母さんがくれた、大事な大事な声。

「失った私の声、やっと出るようになったの。やっと私の気持ち、声にすることができるの。これからは、お母さんがくれたこの声、ずっとずっと大事にするから……」

　そこまで言って泣くことを我慢できなくなった私を、悠梓くんはうしろから優しく抱きしめてくれた。

「俺、こいつのこと守ります」

　悠梓くん……？

「俺も、あなたに負けないくらい、珠李のことが大好きです。だから、絶対に守ります」

悠梓くんは私を抱きしめる力を強めた。

「珠李を産んでくれて、ありがとうございます……」

　彼の最後の言葉は震えていた。

　きっと泣いてたんだと思う。

　彼が自分のために涙を流してくれたことが、すごくすごくうれしかった。

　悠梓くんは誰かのために涙を流せる、とっても優しい人なんだよ、お母さん……。

　私たちはしばらくその場に佇んでいた。

　太陽が沈み、オレンジ色になった空の下を私たちはふたり一緒に家に向かって歩きはじめた。

「家まで送る」

「うん、ありがとう」

　私は素直に悠梓くんに甘えることにした。

「あのさ……」

「どうしたの？」

　悠梓くんは遠慮がちに口を開いた。

「お父さんは……どうしてるんだ？」

　私はもう迷わなかった。

　悠梓くんにはなんでも言えるんだから、そんな遠慮がちに聞かなくてもいいのに。

「お父さんはね、すごく優しい人だった。入院してるお母さんのかわりに、一生懸命私を育ててくれた。それに、お母さんのことが大好きで……絶対お母さんの悪口言わな

かったんだ」

「うん」

　悠梓くんはなにも言わず、私の話を聞いてくれた。

「だからだと思う。お母さんが死んじゃってから、お父さん、変わっちゃったんだ。仕事しかしなくなっちゃったの。私がお母さんになにもできなかったから、私がお母さんをたくさん傷つけたから……私のこと、許せないんだと思う。家にも帰ってこない、ずっとビジネスホテルに泊まってる。この街に引っこしてから、最初の数日間は家に帰ってくれてたけど、1週間もしないうちに、家に帰ってこなくなっちゃった。それくらい、お母さんのことが大好きだったんだと思う……」

　お母さんの治療のために大きな病院のある都会に引っこした私たち。

　彼女が亡くなって、お父さんとふたりで引っこす前に住んでいた家に戻ってきたけれど、お父さんは、お母さんが亡くなってから無口になってしまった。

　今まで私を優しく支え続けてくれた彼は、すっかり変わってしまったのだ。

　私がお母さんを傷つけてしまったから。私のことを、嫌いになってしまったから……。

　お父さんは、私に見向きもしなくなった。学校で私がいじめられていることも知らない。

　私自身も、お父さんと向き合えずにいた。向き合うことが怖かった。

でも今は、お母さんを傷つけてしまったこと、ちゃんと謝りたい……。

「たしかに、お母さんのこと大好きだったんだろうな。あんたのお母さんはすげー人だ。きっと、愛されてたと思う。でも、お父さんがあんたのことを許せないっていうのは、ちがうと思う」

　彼は力強く言いきった。

「家があるのも、生活ができてるのも、全部あんたのお父さんのおかげだ。本当にあんたを許せないんだったら、もっと見捨ててると思う」

　そう……なのかな。

「声も出せるようになったんだ。連絡してみたらいいんじゃないか？　まあ、無理にとは言わないけど。珠李がしたいようにすればいいよ」

　彼は私に優しく笑ってみせた。

「うん……帰ったらお父さんに電話してみる」

　今なら、ちゃんと向き合える。

　今まで、たくさんのことを乗りこえてきたから。

　悠梓くんが、そばにいてくれるから……。

　私も彼に笑いかけた。

「もし、あんたが傷つくような結果になったとしても、俺は絶対にあんたを守る。お母さんの前で約束したんだ、破るわけにはいかない」

　やっぱり彼は、いつも私のことを守ろうとしてくれる。

　そのことがどれだけ心強いか、どれだけうれしいか、悠

Episode #3 >> 157

梓くんにちゃんと伝わってるかな。

　でも、守られてるだけなんてダメだ。

　私も悠梓くんのこと、絶対に守る……。

「私も、悠梓くんのこと守るからね」

「ホント、あんたってヤツは……」

　彼は私の頭をポンポンと優しくなでた。

　そうしているうちに、あっという間に私の家に着いてしまう。

「送ってくれてありがとう。じゃあ、また明日……」

　なんだか、別れるのがさびしいな。

　もうちょっと一緒にいたいかも……なんて。

「バカ、顔に出てる」

　彼は私の鼻をむぎゅっとつまんだ。

「さびしいのは俺も同じだ。ホントは……24時間離れたくない」

　24時間……。

　悠梓くんも言ったあとにはずかしくなったのか、顔をまっ赤にした。

　わ、可愛い……。

「ま、まあ、そういうこと言ってるとキリがないからな。これで我慢してやる」

　そう言うと、悠梓くんはチュッと小さくキスをした。

　今日、２度目のキス。

　悠梓くんとのキスは、甘酸っぱくて、胸の奥がぎゅっとせまくなる。

「明日、7時50分に家の前に出てろ。じゃ、また明日」

　悠梓くんはさっさと背中を向けて歩きだしてしまった。

　それって、明日、迎えにきてくれるってこと……だよね？

　それに、"また明日"、そう言ってくれた。

　やっぱり、悠梓くんの"また明日"はうれしいや。

　私は軽い足取りで家の中へと入った。

　リビングのソファに座り、ケータイを手に取る。

　お父さんに電話しよう……。

　本当は、ちょっと怖い。

　怒られるかもしれない。

　電話に出てくれないかもしれない。

　でも、逃げてたら前に進めないよね。

　私は悠梓くんのおかげで、どんどん前に進めた。

　今度は、自分の力で前に進む！

　私は発信ボタンを押した。

　何回かのコールのあと、お父さんが出た。

『……もしもし？』

『…………』

　電話の向こうには一瞬、沈黙があった。

　けれど、すぐにお父さんの声が返ってきた。

『珠李……なのか？　珠李の声なのか!?』

『うん、そうだよ』

『珠李……嘘だろ……』

『仕事中だったよね、ごめん』

『いや、仕事はどうでもいいよ。そうか……声出せるよう

になったのか……。そうか、そうなのか……ちょっと待っ
てろ！』
　そう言って電話は切れた。
　待ってろって、どういう……？
　でも、とりあえず電話には出てくれた……。
　私はひとまず安心した。
　そして待ってみることにした。

二度と失わないように

　お父さんと電話をしてから1時間後。

　玄関が勢いよく開く音がした。

「珠李！」

　私は思わずソファから立ちあがった。

「お父さん……？」

　リビングに駆けこんできたのは、久しぶりに見るお父さんの顔だった。

　最後にお父さんに会ったのは、もう1ヶ月以上も前のこと。

　ちょっと……痩せた？

　そんなことを思った私にかまわず、お父さんは力強く私の両肩をつかんだ。

「珠李、しゃべれるのか!?　声が出るのか!?」

「う、うん、そうだよ？　今日出るようになったんだ……」

「そうか……」

　お父さんはしばらく私の方を見ていた。

　そして……。

「よかったぁ……」

　彼は膝から崩れおちた。

「わ、お父さん！」

　私もその勢いで一緒にその場に座りこんだ。

　お父さんの顔をのぞきこむと、泣いていた。

「え、お、お父さん？」

Episode #3 >> 161

「珠李、ごめん、悪かった……」

　お父さんは泣きながら私に謝った。

　困惑している私をよそに、お父さんは話し続けた。

「ごめん、ずっと家を空けて、ずっとひとりにして……仕事ばっかりしてて、ごめん……」

　お父さんは私の目をまっすぐに見た。

「お前のお母さんが死んで、珠李の声が出なくなって、俺は同時に大事なものをふたつもなくしてしまった。そのことに絶望したんだ……大好きだった奥さん、大好きだった娘の声。一気になくなった。情けないけど、耐えられなかったんだ……」

　お父さんはボロボロ泣きながら続けた。

「だから……仕事に走った。俺は現実から逃げたかった、つらいことを忘れたかった。仕事ばかりして、頭の中をすべて仕事のことで埋めつくした。家に帰れなかったのは、お前と、お前のお母さんとの思い出がたくさん詰まりすぎて、昔のことを思い出してしまうのがつらかったからだ……。本当にごめん……俺は最低だ……。許してくれなくてもいい。俺はどんな罰だって受けるよ」

　そう……だったんだ……。

「私のことが、嫌いだからじゃないの……？」

　私のその言葉に、お父さんは目を見張った。

「そんなわけないだろ！　俺もお母さんも、お前のこと大好きに決まってるだろ！」

　お父さんも、お母さんも……。

そっか、そうなんだ、よかった……。

　私は思わずお父さんに抱きついていた。

「珠李……？」

「私……私、ずっとお父さんに恨まれてるんだと思ってた」

「え……なんで……？」

「私、入院してるお母さんのこと応援できなくて、ひどいことしかできなくて……だから、そんな私を恨んでるんだと思ってた。それに、お父さんはいつもお母さんのかわりに一生懸命育ててくれたのに。学校の行事だって仕事休んで毎回来てくれたのに。参観日だって、みんなのお母さんの中にいるのはずかしかったはずなのに、絶対来てくれてた……そんなお父さんに私は文句しか言えなかった」

　ひどいことばかり言った。

　それでも、お父さんは絶対に来てくれた。

　ずっとずっと大事に育ててくれたんだ。

「お父さん、ごめんなさい……お父さん、いつもありがとう」

　私はお父さんをぎゅっと抱きしめた。

「珠李……恨むわけないだろう。お前、知らないのか？　お母さんが、お前がお見舞いに来るのをどれだけ喜んでたのか。……お前がお見舞いに来た日は、アイツ、お前の話しかしないんだ。いや、いつだって、お前のことばっかり話してたよ。お母さんはお前に元気づけられてたんだ。だから、むしろ感謝してる。ありがとう。それに俺だって、毎日お前が成長する姿が見られてうれしかったよ。ホント、

Episode #3 ≫ 163

可愛くて仕方なかった」

　彼は涙を流しながら、私を愛おしそうに見つめてくれた。

「お父さん……」

　私たちは時間を忘れて、しばらく抱き合っていた。

　ふと窓の外を見ると、すっかり暗くなっている。

「ねえ、お父さん、お腹空かない？」

「そうだな。どこか食べにいくか？」

「ううん、私作るよ。この１ヶ月くらいで、すっごくうまくなったんだからね！」

「そっか、楽しみだな」

　私はエプロンを身につけ、キッチンに立った。

　お父さんのためにご飯作るのって、久しぶりだ。

　すごいやる気出る……。

　このごはんを待っててくれる人がいる。

　お父さんがいる。

　声を出すことができる。

　取りもどした当たり前の日常。

　でもそれは、まぎれもなく幸せなことで、かけがえのない大事なこと。

　もう失ったりしない。誰も傷つけたりしない。

　今ある当たり前を大事にしよう。

「珠李、今日のおかず、なに？」

「できあがるまで内緒ー」

「お前、お母さんと同じこと言ってくれるなー」

「お母さんの娘ですから！」
　私はニッとお父さんに笑ってみせた。

　次の日の朝。
「いってきまーす」
「忘れものないか？」
「うん、ないよ」
「お弁当は？」
「持ったよ」
「教科書は？」
「ふふっ、教科書持たないで、なにしに行くのよ。大丈夫
だから、いってきます」
「ははっ、ついな。うん、いってらっしゃい」
　私はお父さんに見送られて家を出た。
　いってらっしゃいって言ってくれる人がいるのって、う
れしいな。
　でも心配しすぎでしょ、ふふっ。
「なにニヤついてんだよ、バカ珠李」
「あ、佐野くん」
「やり直し」
「あ、そっか、悠梓くん！」
「合格」
　悠梓くんは私の家の周りにある塀にもたれて、私を待っ
ていてくれた。
「おはよう、悠梓くん」

Episode #3 >> 165

「はよ」

「行こっか」

「ん」

　私たちは並んで歩きはじめた。

「そのゆるゆるなほっぺた、うまくいったみたいだな」

「うん！　お父さんに電話したら、飛んで帰ってきてくれて……」

　私はそれからの経緯を悠梓くんに話した。

「そっか、よかったな」

　彼は私の頭をわしゃわしゃとなでた。

「悠梓くんのおかげだよ。本当に、ありがとう」

「いや、全部あんたががんばった結果だ。ホント、あんたはよくがんばった」

　悠梓くんは優しく笑ってくれる。

「どんなにひどい目にあったって、絶対泣いたりしなかった。絶対逃げたりしなかった。そういう強いあんたに、俺はホレてるんだ」

「悠梓くん……」

　彼は、全部、知っててくれた……。

　私のただの負けず嫌いだけど、それでも、悠梓くんは全部見ててくれた……。

「俺だけじゃない。見てるヤツは絶対いる。あんたのがんばりは、きっと誰かを動かしてるから」

　そうだ、高橋くんだって見ててくれた。

私のやってることに、ちゃんと意味はあったんだ……。

　でも、それを教えてくれるのは、いつだって悠梓くんだ。

「悠梓くんがいなかったら、私はなにも変われなかったと思う。いつでも、きっかけは悠梓くんだったから。やっぱり、悠梓くんのおかげだね。ありがとう」

「……俺は昔、あんたに救われたんだ。だからその分、俺はあんたを助けたかった」

「え……？　どういう意味……」

「うーん……」

　彼は少しだけ考えて、人差し指を自分の唇に当てる。

「今はまだ内緒」

　そう言って不敵に笑った。

　私が昔、悠梓くんを助けたの？　いつ？

　まったく心当たりがない。

　それに、内緒なんて言われたら、気になるに決まってる。

　それから何度か彼に聞いてみたけれど、決して答えてはくれなかった。

　学校に着いて教室に入ると、いつものようにみんなが佐野くんに声をかける。

「おはよう、佐野」

「はよ」

　そして、私も……。

「櫻田さんも、おはよ」

「……！　おはよう！」

Episode #3 >> 167

　クラスの女の子に、あいさつしてもらえた。

　ほんの些細なことだけれど、これが私の第一歩だ。

　自分の席に座ると、小田さんも隣に座っていた。

　私の存在に気づいたのか、彼女はふいっと私から顔を背けた。

　声が出るようになってから、まだ小田さんとは話せていない。

　私に話しかけてくるようなことはしなかったし、私も、彼女に話しかけられずにいた。

　小田さんとも仲よくっていうのは、きっと難しいよね。

　まだ意地悪されるかもしれないんだし……。

　それでも、いつか、普通にしゃべれるようになるといいな。

　そんなことを思っているとチャイムが鳴った。

「全員そろったかー？　よし、号令かけろ」

　黒板を見ると日直の欄には"櫻田"の文字。

　あ、私だ……。

　ふふっ、担任を驚かせるチャンス……。

「おーい、誰だ〜？　って、櫻田かよ、じゃあ佐野」

「起立」

　私は担任の声を無視して、自分で号令をかけた。

「……え？」

「気をつけ、礼っ！」

「「お願いしまーす」」

　すると、みんなの元気な声が響きわたった。

「……えーっ!?」

担任は驚きながらこっちに歩いてくる。
「お前、今しゃべらなかったか？」
「はい、しゃべりました」
「え、お前、声出せんのか？」
「はい、出せます」
「おお……お前、なんかキレイな声してんな」
　予想外のお言葉……！
「あ、ありがとうございます……」
　こうして担任へのドッキリは成功し、想定外の賞賛まで
もらった。
　今までいじめられる私を叱っていた担任。自分のことを
守ることだけを考えてきた担任。
　そんな彼のことを、簡単には許したくないけれど、声を
ほめてもらえたことは素直にうれしかった。

　その日の休み時間、黒板を消していると、見覚えのある
光景に出会った。
　視界に入るのは胴体だけ。
　見あげることでやっと見える彼の顔。
「悠梓くん！」
「手伝ってやる」
「ふふっ、ありがとう」
「もう仕事増やすなよ」
「大丈夫だよ、もうちゃんとしゃべれるから」
「そうだな」

Episode #3 >> 169

　あの頃が、ずいぶんと昔のように思える。

　最初は、気まぐれで、ネコみたいな人だと思ってたけど、あの頃から、私を助けようと思って動いてくれてたんだよね。

　いつも彼は私のことを考えてくれていた。うれしい。

　ふたりであっという間に消しおわる黒板。

「明日、手伝えよ」

「はいはい」

「はい、は1回」

「はーい」

「伸ばさない」

　こんなやりとりができるようになったのも、声があるから。

「こんなやりとりも、声がないとできなかっただろ？」

「え……？」

「声出せるようになって、よかったって思ってる？」

「……うん！」

　声が出せるようになっても、私の脳内はやっぱり悠梓くんに丸見えのようだ。

　放課後、私は教室の掃除をしていた。

　もちろん、悠梓くんと一緒に、ふたりきりで。

　やっぱり悠梓くんはキレイ好きだよね。

　隅々まで掃除してる……。

　彼自身はあの頃となにも変わらない。

　ただ、彼のおかげで、私自身が変われただけ。

　そういえば今日、なにもされなかったな……小田さんにも。

本当に普通の世界になったんだ……なんかヘンな感じ。

　ずっと望んでいたことなのに、いざとなると実感が湧かない。

　だって、声が出せるようになって、悠梓くんと付き合えることになって、お父さんとも一緒に暮らせるようになって……。

　幸せが一気に来すぎて、私が追いつけない……。

　そんなのんきなことを考えてしまった。

　手も動かさずに。

「おい、バカ珠季」

「いてっ」

　悠梓くんは、私にわりと強めなデコピンをかました。

「い、痛いよ、悠梓くん……」

「あんたがぼーっとしてサボってるからだろ。今日の日直は誰だ？」

「私です……」

「わかってるじゃねーか。じゃあ罰として、俺をなにか喜ばせろ」

　なんてざっくりなご命令……。

　悠梓くんが喜ぶことってなんだろう？

　私は懸命に考えた。

　でも、とくに思いつかない……。

　考え続ける私に向かって、悠梓くんは言った。

「あんたが俺にされてうれしいことをすればいいんだ」

「あ、なるほど……」

うーん……。

　あるにはあるけど、引かれないかな……。

「おい、まだか」

「わ、わかったよ！」

　もう、どうなっても知らない！

　私は悠梓くんのネクタイをつかみ、自分の方へ引きよせた。

　そして……。

　チュッ。

「ん……!?　あ、あんた……」

「これが、私が悠梓くんにされてうれしいこと……かな」

　やばい、はずかしすぎる……！

　私は耐えられなくて全力で下を向いた。

「なにそれ……可愛すぎんだろ」

　悠梓くんはその場にへなへなと座りこんだ。

「え……ゆ、悠梓くん……？」

　私もその場にしゃがみこんで、悠梓くんの顔をのぞきこむ。

「バカ、見んな」

「どうして？」

「その……なんつーか……結構きてる」

「きてる？」

「……すげー喜んだってこと」

「そ、そっか。よかった……です」

　一応、喜ばせることはできたみたいだ。

「だから、たぶん今、すげー顔赤い。見られたくない」

　ああ、なるほど……。

なにそれ……可愛すぎる……！

　そんな彼をとても愛おしく感じた。

「よしよし、照れてるんだね」

　私はつい調子に乗って、彼の頭をわしゃわしゃとなでた。

「おい、調子乗んな」

「だって悠梓くん、可愛いんだもん」

「男は可愛いって言われても喜ばねーぞ」

　だって、可愛い以外に言葉が見当たらないくらい可愛いんだもん……。

「はあ……そんなこと言ってると……」

　彼はそこで顔をあげた。

　それはもう照れた可愛い顔ではなく、男の人の顔。

　彼は、しゃがみこんでいる私の両サイドの床に手をついた。

　驚いた私はそのまま尻もちをつく。床と彼に挟まれた状態だ。

　なんかデジャヴ……。

　そうだ、保健室のときと同じだ……！

「どうなってもいいってことだよな？」

「そ、そんなこと……」

　どんどん彼の顔が近づいてくる。

　今度は、あのときのようにとどまることはない。

「ん……」

　そして、いつもより少しだけ強引に、押しつけられるような唇。

　彼の温かいそれは、いつまでも離れようとしない。

Episode #3 >> 173

　ちょっと、息が苦しい。
　でも、幸せ……。
　しばらくしてそっと離れていくと、私はあわてて空気を
吸った。
「……はぁ。もう、長いよ……」
「なにその顔。もう1回したいの?」
「そ、そんな顔してないよ!」
　私はまっ赤な顔で彼をにらんだ。
「また今度な」
　もう、ちがうって言ってるのに……。
　そんなことを思いながらも、どこかで"また今度"を期
待していた。

好敵手
こうてきしゅ

　次の日、朝学校に着くと。
「おはよう、櫻田さん」
「おはよう」
　やっぱりあいさつされた。
　それに……。
「おはよ、サクちゃん！」
　新しいあだ名がつきました。
「ふふっ、サクちゃんなんて呼ばれたことないよ」
「そうなの？　でも可愛くていいでしょ？」
「そうだね」
「みんなで昨日考えたの。櫻田のサクをとって、サクちゃん！」
「そうなんだ、ありがとう」
　今まであだ名をつけられたことなんてなくて、少しくすぐったいような気持になった。
「私もサクちゃんって呼んでいい？」
「うん、いいよ」
「私も！」
「もちろん」
「あ、俺もー！」
　いろんな人たちが集まり、私に話しかけてくれる。
　ついこの前までひとりでいたことが嘘みたいだ。

Episode #3 >> 175

「こら、どさくさにまぎれて男子まで入ってこない！」
「ふふっ、じゃあ女子限定にしようかな」
「そんな、櫻田まで……」
　私はいつの間にかたくさんの人に囲まれていた。
　そして、囲まれたみんなの隙間から、こちらを見ていた悠梓くんと目が合う。
　すると、彼は口を動かした。
"サクちゃん"
　なっ……！
　やばい、にやける、顔にやける！！
　私はみんなに怪しまれないように必死にこらえた。

　休み時間、私は悠梓くんと一緒に黒板を消していた。
　今日は悠梓くんが日直だから、私が彼の日直の仕事をお手伝いしていたのだ。
　悠梓くんと黒板を消しおわり、席に戻ると、あることに気づいた。
　小田さんが……ひとりでいる。
　小田さんのまわりには、いつもたくさんの女子がいた。男子と話しているところもよく見かけていた。
　そんな彼女のまわりに、今は誰もいない。
　まあ、そんな休み時間もあるよね。
　そのとき、私はあまり気に留めなかった。

　でも、何日か過ごして気づいた。

小田さん、最近誰とも話してない……。

　それに、誰も小田さんに話しかけない……。

　私は帰り道、悠梓くんに聞いてみることにした。

「ねえ、悠梓くん」

「どうした？」

「最近小田さん、ずっとひとりでいない？」

「あんたも同じこと考えてたのか」

「ていうことは、悠梓くんも？」

「ああ、ちょっと気になってた」

　その日の帰り道は小田さんの話で持ちきりになった。

「小田さんって、クラスの人気者で、中心人物って感じだよね」

「そうだな。まあ、あんたのいじめの中心人物だったってのもあるけど」

「あ、なるほど……」

　ちょっとだけ、複雑な気持ちになった。

「もしかしたら……小田が標的になってしまったのかもしれないな」

「小田さんが……標的？」

「あんたが普通にしゃべれるようになって、クラスのヤツらがあんたをいじめる気をなくしただろう？」

「うん」

「それをきっかけに、今まであんたを過剰にいじめていた小田を、今度はいじめの標的にしたんだ。あんたにあんなひどいことするなんて信じられない、って具合にな」

Episode #3 >> 177

　それはつまり、たった1日で……私がしゃべれるように
なったあの日の1日で、今まで仲よくしていたはずの小田
さんに対して、みんなが突然、態度をひっくり返したとい
うことだ。
「そんなのおかしいよ……」
　たしかに私は、小田さんにひどいことをされてきたかも
しれない。
　つらい思いをしたのも嘘じゃない。
　でも……。
「今までずっと仲よくしてきたのに、私と仲よくなるかわ
りに小田さんを仲間はずれにするなんて……。クラスの中
に誰か必ず標的がいなきゃいけないわけでもないのに……
私がしなくなったつらい思いを、誰かがかわりに背負うな
んて、絶対ダメだよ！　そんなの絶対おかしい……」
「珠李……」
　悠梓くんは、私を見たまま立ちどまった。
「悠梓くん……？」
「あんたは、あんたってヤツは……俺の想像をすぐに超え
ていくんだな」
　私は悠梓くんの言葉の意味が飲みこめず、首をかしげた。
「なんであんたをいじめたヤツのために、そんな風に怒れ
るんだ。なんで、そんな悲しい顔ができるんだ……。やっ
ぱすげーヤツだな、あんた。強くて優しい……本当にいい
女だ」
　彼は私を愛おしげに見つめた。

「そんなの……悠梓くんが優しいからだよ」

　もし私が優しい人間だとしたら、それは、悠梓くんが私に優しさをわけてくれたから。

　私ひとりじゃ、優しくなんてなれなかった。

「俺は優しくなんかない……」

「でも、私をたくさん助けてくれた」

「それはあんただから。あんたが、珠李が、好きだから」

　悠梓くんの大きな手が、私の頬に触れる。

　私は悠梓くんをじっと見つめた。

「ば、バカ。こういうときは察して目、閉じろよ」

「え、ええっ！」

　つまり……キスされる……？

「目閉じろって言われて閉じるのは……なんかはずかしいよ」

　そう言いつつも、私はきゅっと目を閉じた。

「あんたがはずかしがって目を閉じる方が、俺は好きだけど」

　き、鬼畜……！

　さっきまで照れてたくせに……。

　私ははずかしさに耐えきれず、目を開けた。

　その瞬間に触れ合う唇。

　わ……こっちの方がよっぽどはずかしかった……。

　私は悠梓くんの顔を間近で見ていられなくて、もう一度目をきゅっと閉じた。

　でも、幸せ……。

Episode #3 >> 179

　次の日、学校に行くと、やっぱり小田さんはひとりだった。
　朝のホームルーム前、その隣で私はクラスの人たちに囲まれている。
「ねえ、サクちゃん！　放課後って、いっつもなにしてるの？」
「やっぱり佐野くんとデート？」
「いいなー」
「ただ一緒に帰ってるだけだよ、ふふっ」
　みんなに仲よくしてもらえるのはうれしい。
　でも私と引きかえに小田さんを仲間はずれにするなんて、やっぱりダメだよ……。
　私はちらりと小田さんの方を見た。
　あ、目が合った……。
　けど、すぐにそらされた。
「サクちゃん、どこ見てるの？」
「小田さんのこと？」
「え……」
　小田さんのこと、みんなどう思ってるんだろう。
「ひどいよね、サクちゃんにあんなことするなんて」
「そうそう、いっつも言いだしっぺでさー」
「やりすぎだと思ってたんだよね。髪の毛だって切られちゃって……」
　そう私に言うのは、いつも小田さんと一緒にいた女子たちだ。
　なんで？

なんでそんなこと言えるの？

　ついこの前まで一緒にいたじゃん。

　楽しそうに話してたじゃん。

　そんな友達の悪口をこんな簡単に言えるなんて。

　しかも、こんな近くにいるのに。

　わざとなの？　聞こえるように？

　なんにしたって、こんなのダメだよ……。

「ねえ！」

　私はガタンと席を立ちあがった。

「やめようよ、そういうの」

　私はきっぱりと言いきった。

「え、だって……サクちゃんだって、この前までいじめられてたんだよ？」

「そうだけど……みんなのことを許して、小田さんだけ許せないなんて思わないよ」

「でも、私たちよりもっとひどいことしてたじゃん！」

「そうかもしれないけど……でも、そういうの関係なく、今までずっと一緒にいて、ずっと仲よくしてきて、それをたった１日で終わらせちゃうなんてわからないよ」

　小田さんのやっていたことは、たしかにまちがいだったかもしれない。

　でも、だからって突き放すようなことするなんて、そんなの友達じゃない。

　ただの友達ごっこだ。

「私たちはただ、小田さんと仲よくしたままサクちゃんと

Episode #3 >> 181

仲よくするのはヘンっていうか……それじゃあサクちゃん
に謝っても説得力がない気がして……」
「それならなおさら、説得力ないよ。私と仲よくするかわ
りに小田さんを切り捨てるなんて。今までの友情全部をな
かったことにするなんて。それじゃあ私は、みんなと仲よ
くしてもらえても喜べないし、うれしくない。小田さんが
ひとりになるくらいだったら、私はひとりでもいい」
「なにそれ、言い方キツすぎ……」

　たしかにそうかもしれない。

　それでも……。

「私には声がある。だから、まちがってるって思ったこと
はちゃんと言いたい。誰かが傷ついてるって思ったら助け
たい」
「そんなの偽善者だよ」

　そう言ったクラスの女の子は私をむっとした表情でにら
んだ。

　ああ、もう、どうしよう……。ケンカしたいわけじゃな
いのに……。

　どうしたらわかってもらえるの？

　私、結局なにが伝えたかったの？

　ただみんなはまちがってるって、わかってほしいだけな
のに……。

「そうだとしても、絶対こんなのおかしいよ……。誰かひ
とり標的にしなきゃいけないなんてルール、どこにもない
のに……」

「もう、うるさい！　黙っててよ！」

　私の言葉をさえぎってそう言ったのは小田さんだった。

「小田さん……？」

「さっきから聞いてれば、いったいなんなの？　なんであんたなんかに、かばわれなきゃいけないの？」

　そんな小田さんを見て女子たちが口を開いた。

「ほら、せっかくかばったのに文句言われちゃうんだよ？」

「小田さんはそういう人なんだよ？」

　それでも、そうだとしても……。

「私は、小田さんだからかばってるわけじゃない。どんな人だって、傷ついてる人がいるなら助けたい」

　お母さんを傷つけてしまった声だから、今度はこの声で、誰かを守りたい。

　それに、それに小田さんは、悠梓くんのことが好きで……。

　きっと、好きだって表現するための方法を、まちがえてしまっただけだから。

「守るとか、キモいから。あんたに守られる筋合いなんてないよ。あんたは私の敵なんだから」

「私は小田さんを敵だなんて思わないよ……ね？」

　私は小田さんにニッと笑ってみせた。

　でも。

「……ふざけないでよ」

　小田さんはそのまま教室を出ていってしまった。

「サクちゃんって、よくわかんない」

「なんかしらけたー」

私を囲んでいた女子たちも自分の席に戻っていった。

　……私、またひとりになっちゃうのかな。

　でも、それでもいい。

　言いたいことは、ちゃんと声に出して言いたい。

　今はちゃんと声があるから。

　それに、もしひとりになったって、もうあきらめたりしない。

　がんばればどうにかなるって、ちゃんとわかってる。

　私には悠梓くんがついていてくれる……。

　目の前にある背中が、私の方に振り向く。

「よくがんばった」

　彼は私の頭をよしよしとなでる。

「カッコよかった」

　どうしてだろう。

　泣きそうになった。

「大丈夫、ちゃんとわかってくれるヤツはいる。あんたのがんばりは、誰かに伝わる」

「うん……」

「小田だって、いつかあんたの気持ちわかってくれるよ」

　私の考えてること、ちゃんとわかってくれてるんだ、うれしい……。

「ありがとう、悠梓くん」

　私は悠梓くんに笑ってみせた。

「放課後、アイスでもおごってやる。元気出せ」

「もう、こんな真冬にアイスなんて寒いよ、ふふっ。でも

せっかくだから、おごってもらおーっと」

「文句言うならおごってやらない」

「じょ、冗談だよ！」

　悠梓くんなりに私を元気づけてくれてるんだよね。

　よし、もう一度がんばろう！

　放課後、私は悠梓くんと一緒に昇降口に向かっていた。

「悠梓くん、どこのアイス食べるの？」

「駅前のとこ。この前新作の、トリプルチョコレートブラウニー味が出てた。俺はそれを食べる」

「それってもしかして、単に悠梓くんがそのアイスを食べたかっただけなんじゃ……」

「珠李だって、アイス食べたいんだろ？」

「それはそうだけど……」

「じゃあ文句言わずに黙ってついてこい」

「はーい」

　ホント、たまに出るこの俺様はなんなんだろう、ふふっ。

　そんなことを思っていると、視線の先に小田さんを見つけた。

　そして、目が合った。

　すぐにそらされてしまったけど。

　小田さんと、話したいな……。

　わかってもらえるかはわからないけど、いつまでも敵だなんて思われたくない……。

「行ってこい」

Episode #3 >> 185

「え……？」

　悠梓くんは私の考えていることがわかったかのように背中を押した。

「でも、アイス……」

「待っててやる。失敗しても俺が慰める。だから、心配しないで行ってこい」

「悠梓くん……うん、行ってくる！　ありがと！」

　私は小田さんのもとへ駆けつけた。

「小田さん！」

「……なに？　さっさと佐野くんと帰れば？」

「小田さんと、話がしたいの」

　もう、まっ向からぶつかっていこう！

「私はべつに話したいことなんてないから」

「いいから、いいから」

「ちょっと！」

　私は強引に小田さんの腕を引っぱった。

　彼女はあきらめたのか、おとなしく私についてきてくれる。

　ふたりきりで話せるように、人気のない廊下を選び、私は小田さんの腕から手を離した。

「なによ、こんなところまで連れこんで……私をいじめ返すつもり？　好きにすれば？」

　彼女は私から顔をそらした。

「べつに、いじめようなんて思ってないよ」

「じゃあ哀れみにでも来たの？　私にはもう味方がいない。だから、あんたになにかしたら非難されるし、佐野くんに

だって仕返しされる。居場所すらない。そんな私を笑いに
来たんでしょう？　ざまあみろって思ってるんでしょう？」
「私、まだなにも言ってないよ」

　私は小田さんに目を合わせた。

　今度はそらされないように、じっと目の奥をのぞきこむ。
「な、なによ……」
「私はただ、いつまでも小田さんの敵でいるのが嫌なだけ
だよ」

　謝ってほしいわけではない。

　謝りたいわけでもない。

　仲よくしようなんて、まだ難しい。

　ただ、敵だなんて思いたくない、思われたくない。

　小田さんをひとりにしたくない。

　小田さんに、誰かに、つらい思いなんてしてほしくない
んだ。
「あんたは、一生私の敵なの！　だって佐野くんのこと盗っ
たじゃない！　私は……あんたが転入してくる前からずっ
と、佐野くんのこと好きだったのに。あんたが転入してき
て、最初は声出せないなんてかわいそうくらいにしか思っ
てなかったけど、私が佐野くんに告白したら、俺は櫻田が
好きだからって、フラれて……あんたが転入してからたっ
た１週間しかたってなかったのに！」

　え……なんで……？

　そんなの、全然知らなかった。

　悠梓くんは、そんなに前から私のことを好きでいてくれ

たってことなの？

　どうして……？

「私はずっとずっと好きだったのに、たった1週間のあんたに盗られたのよ！　許せるわけないじゃない！　それに、私の方が、私の方が絶対……佐野くんのこと、好きなんだから！」

　そっか……。

　敵って、そういうことなんだ。

　どちらが、より悠梓くんのことを好きか。

　そういう敵。

「だから、あんたは一生、私の敵なの！」

　そういう敵なら、私たちがいがみ合う必要なんてない。

　お互いの気持ちを認め合って、感情を共有することができるはずだから。

「それなら敵は敵でも、好敵手だよ」

「は……？　なによ、好敵手って」

「ライバル、ってこと」

「……意味わかんない」

　小田さんはふたたび私から目をそらした。

「たしかに私は、小田さんより好きになったのは遅かったかもしれないけど……それでも小田さんに負けないくらい、悠梓くんのこと大好きなの。小田さんと同じように悠梓くんのことが大好きなの。せっかく同じ気持ちを持つことができたのに、いがみ合ってばかりなんて、なんだかもったいないよ」

「バカじゃないの……」

　そう言いながらも、小田さんはその場を去ろうとしない。

「そうだ、せっかくなら、言い争うんじゃなくて、一緒に悠梓くんのいいところでも話そうよ」

「……なにそれ」

「同じ気持ちを共有できるのって、きっとすごく素敵なことだから」

「…………」

「ダメ……かな？」

　私は小さく首をかしげた。

　すると彼女は、しばらく考えこんだあと、ためらいながらも小さく口を開いた。

「……たまに、小さく笑うところ」

「え……？」

「悠梓くんの好きなところ！　じゃあね！」

　小田さんは怒ったような口調でそう言って、今度こそ去っていった。

　私は驚きで、しばらくその場で目をパチパチさせていた。

　小田さんが、悠梓くんの好きなところ、教えてくれた……。

　小さく笑うところ、すごく共感できる。

　私も悠梓くんのそういうところ、好き……。

　そう言いたかったのに、小田さんの姿はすっかり見えなくなってしまっていた。

　でも、小田さんと敵でいるのは嫌だっていう私の気持ち、少しは伝わったってことだよね……？

そうだといいな。

いつか、ふたりで笑い合える日が来ればいいな。

少しずつでも、小田さんと距離を縮められるようにがんばろう。

そう決意して悠梓くんのところへ向かった。

誰も、傷つけない

　うれしい気持ちに満たされながら、駆け足で彼のもとへと向かう。
「悠梓くん！」
　悠梓くんは昇降口で待っていてくれた。
「おかえり」
「ただいま！　ごめんね、待たせちゃって」
「べつに。そんなに待ってないし」
「嘘つき」
　私は悠梓くんの指先をぎゅっと握った。
「ほら、冷たくなってる」
　悠梓くんの指先は冷えきっていた。
　だって真冬の昇降口だもん。
　寒かっただろうな……。
「ありがとう、待っててくれて」
「……べつに、待ってないって言ってるだろ。でも寒い、このままにしとけ」
　悠梓くんは私に指先を握らせたまま歩きはじめた。
　手袋の方が絶対あったかいのに……。
　寒がりな彼がいつも手袋を持ち歩いていることを、私は知っている。
　でもこの方が幸せだし、黙っていよう。
　なにも言わず、私は彼の指先をぎゅっと握りしめた。

「ていうか寒いのに、ホントにアイスでいいの？」
「いーの」
　いーの、だって。
　ホント可愛いな……こんなに背高いのに、子どもみたい。
　そう思いながら、私は彼の横顔を見あげた。
「コラ、上目遣い禁止」
　鼻をむぎゅっとつままれる。
「いたたっ、だから、そう言われても無理なんだってば。
悠梓くん、背高いんだもん」
「じゃあ、あんたが伸びろ。あ、やっぱりダメ」
　ど、どっちよ……。
「そのままが……可愛い」
「っ……！」
　もう、たまにしか言わないから心臓に悪いよ……。
　私はしばらく悠梓くんの顔を見られなくなった。

　駅前のアイス屋さんに着くと、私たちはアイスを注文す
るために列に並んだ。
「あんたはなに味のアイスにするんだ？」
「うーん……じゃあ私も悠梓くんと同じ、トリプルチョコ
レートブラウニー味にしようかな」
「それはダメ」
「え？」
「俺とちがう味にしろ」
　なによ、その独り占めみたいな……。

「じゃあ、ストロベリーチーズケーキ味にしよーっと」

　私はむっと口を尖らせてみたけど、悠梓くんは気づいて
くれなかった。

　ま、いっか、ストロベリーチーズケーキもおいしいし。

　悠梓くんは約束どおり、私の分のアイスまで買ってくれた。
「ありがとう。今度悠梓くんが落ちこんでたら、私がアイ
スおごってあげるね」
「ああ、楽しみにしてる。まあ俺は落ちこんだりしないけ
どな」

　たしかに、悠梓くんが落ちこんでるところ見たことない
かも……。

　悠梓くんって、すごく強い人だよね。

　私も見習わなくちゃ。
「いただきまーす」

　私はアイスにかぶりついた。
「やばい、すごいおいしい!!　幸せー」
「あんた、いつもうまそうに食べるよな」
「だってホントにおいしいんだもん」

　そう言う悠梓くんも、アイスをひと口食べると、とても
幸せそうな顔をしていた。

　無表情だけど、なんか目が輝いてるんだよね。

　可愛い……。
「ほら」

　悠梓くんの方を見ていると、急に目の前にアイスを差し
出された。

Episode #3 >> 193

「これ、食べたかったんだろ？」

「あ、うん、そうだけど……」

　悠梓くんが食べちゃダメって言うから……。

「俺の食わせてやる」

「いいの!?」

「ああ、早く口を開けろ」

「やった」

　私はぱくっと、悠梓くんのアイスを頬張った。

「わ、おいしい……」

　口いっぱいに広がるチョコレートの甘み。

「今、俺のアイス食べたよな」

「え、うん……」

「じゃああんたのアイスも俺に食わせろ」

「あ、うん、もちろん」

　私は悠梓くんの口もとにアイスを運んだ。

「はい、あーん」

「あ」

　彼は無防備に口を開けた。

　や、やばい、可愛すぎる……！

「ん、うまい」

「よ、よかったです……」

　思わず敬語になっちゃったし。

「これがしたかったんだ」

「え……？」

「同じ味のアイスにしたら、あんたに食わせてもらえない

だろ？」

　ああ、なるほど！

　納得すると同時に、なんだか急にはずかしくなってきた。

「想像以上によかったな」

　彼はイタズラっ子のような顔で笑った。

　その顔は、ズルい……。

　でも可愛い悠梓くんが見られたし、私も得したよね。

　っていうのは、悠梓くんには内緒だけど。

「もう１回、あ」

　彼はもう一度無防備に口を開けた。

　言われたあとだと、余計にはずかしい……。

「あ、あーん……」

「ん、いいな。あんたがはずかしがるとこ」

　とたんに私の顔はカッと熱くなる。

「もう、悪趣味！」

「なに？　もっとはずかしいことしたいの？」

「そんなわけないよ！」

　私は彼の胸をぽかぽかとたたいた。

「それじゃ余計に俺が喜ぶって、わかんないかな」

「知らないよ！　もう、バカ……」

　優しかったり、俺様だったり、意地悪だったり……。

　うれしいけど、この先も絶対こうやって振り回されるの
かな……？

　それでもずっと、悠梓くんといたいって思った。

Episode #3 >> 195

次の日、学校に行くと、何人かは私に冷たくなっていた。

あいさつもしてくれない。

昨日あんなこと言っちゃったもんね。

当たり前か……。

それでも後悔はしてない。

それに。

「おはよう、サクちゃん！」

変わらず声をかけてくれる人もいる。

一からやり直しってわけじゃないんだし、大丈夫。

よし、今日も1日がんばろう！

1時間目は数学だった。

「佐野、前でやってみろ」

悠梓くんが当てられて前で数式を解いていく。

そういえば悠梓くんって、結構頭いいよね。

私は難しい数式をすらすらと解いていく彼の背中を見つめた。

ますますカッコいい……。

でも、数学なら私だって負けない！

負けじとノートに解き続けていると。

「じゃあ、次の問題は小田」

小田さんが当てられた。

「え……」

小田さんは困っている様子。

そういえば、数学苦手なんだっけ……。

「どうした、小田。前でやってくれ」

　小田さんは困った表情のまま、席から立ちあがれずにいる。

　なにか、私にできることはないかな……。

　あ、そうだ！

　私はノートの隅に走り書きして、ちぎって小田さんの机にこっそり置いた。

　ヒントを書いた紙だ。

　小田さんは驚いた顔で私を見た。

「なんで……」

「いいから、いいから。その公式使えば解けるから、ね？」

「バカじゃないの……」

　そう言いながらも、小田さんは私が渡した紙を持って前に出た。

　メモに書いた公式を使いながら、ゆっくり数式を解いていく。

「よし、正解だ、よくがんばったな」

　無事、解けたみたいだ。

　ふぅ、よかった。

　席に戻ってくる小田さんは、私と目を合わせてくれず、表情は長い髪に隠れてよく見えなかった。

　けど……あの紙、使ってくれたんだもん。

　少しは近づけた……よね？

　どうすれば小田さんと距離を縮められるのか、まだ手探りの状態だけど……私にできること、とにかくがむしゃらにがんばってみよう。

Episode #3 >> 197

　その日の２時間目は国語。

　私の苦手教科。

　国語ってだけで憂鬱なのに、今はもう声が出るから、当てられる可能性があるんだよね……。

　しかも、あの先生のことだから、声が出るようになった私を当ててきそう……。

「じゃあ今日は誰に読んでもらおうかなー。よし、櫻田！　せっかく声が出るようになったんだ、思う存分読め！」

　やっぱり……！

　はぁ、難しい漢字とかなければいいけど……。

　私は、教科書の指定された箇所を読みはじめた。

「……現代、不景気となったこの国は、汚職事件も多く、人々は強い……」

　“憤り”……？

　え、なにこの漢字、なんて読むの……!?

　悠梓くんに聞くのははずかしいし、先生に聞いたら絶対バカにされるだろうし……。

　どう対処しようか悩んでいると、隣から小さな声が聞こえた。

「……いきどおり」

「え……？」

「強い、いきどおり！」

　読み方、教えてくれてる……？

　私に小声で教えてくれたのは、小田さんだった。

「つ、強いいきどおりを感じている！　貧困層の中では、

日々争いが絶えず……」

　そのあとは漢字につまずくことなく、なんとか読みおえることができた。

　小田さんが、読み方教えてくれた……。

　どうしよう、うれしすぎる……。

「さっきはありがとう！　ホントに助かった」

　私は国語の授業のあと、小田さんに話しかけた。

「あんな漢字も読めないなんて、バカじゃないの」

「う……」

　ごもっともです……。

「借りを返しただけだから、お礼とか言わないで」

　あ、数学のときのことだ……！

「ふふっ、了解！　また数学で困ってたら私が助けるよ」

「調子に乗らないで」

　小田さんは席を立って、教室を出ていってしまった。

「慰める必要ないみたいだな」

　話を聞いていたのか、悠梓くんが私の方を振り返った。

「うん、ちょっとは仲よくなれたかも」

「かなり一方的にだけどな」

「そ、それは、思っても言わないでよ……」

「でも、あんたはやっぱりすげーな」

　そう言って笑いながら私の頭をなでてくれた。

　がんばってよかったな……。

Episode #3 ≫ 199

　それからの毎日、私は何度も小田さんに話しかけた。

　相変わらず冷たいままだし、私が一方的に話しかけている感じだったけれど、絶対に無視はしない。

　返事はしてくれるし、聞いたことにはちゃんと答えてくれる。

　それだけで十分。

　でも、小田さんが他の女子たちと、もとどおり仲よくなることはなかった。

　私も、小田さんと仲よくなろうとしたことで、何人かの女子とは仲よく話せなくなった。

　そうして1ヶ月ほどの時間がたち、クラス全員が仲よくなることはないまま、修了式を迎えてしまった。

　今日でこのクラスは最後だ。

　教卓に担任が立つ。

「これで最後のホームルームだ。他のクラスは担任に向けてサプライズとかあるらしいけど、うちのクラスは……ないな、うん」

　そこ、自分で言っちゃうんだ……。

　たしかに、担任へのサプライズは企画されていない。

　クラス全体が一丸となる必要がある担任へのサプライズ。

　うちのクラスができるはずがなかった。

「まあ、いろいろあったからな。最初、櫻田はいじめられてたし、それが終わってからもいろいろあって、ギクシャクしてるみたいだしな」

もう、サラッと言ってくれちゃって……。

　ていうか、小田さんと他の女子たちがギクシャクしてた
のも見抜いてたんだ。

　そういうところは、さすが担任だ。

「たしかに、このクラスは今日で終わりだ。全員が仲よく
なれないままでも終わりだ。さびしいのと同時にお前らに
は、くやしさも残ると思う。けど……お前らはまだ２年だ。
来年がある。いや、たかが17歳だ。あと何年生きると思っ
てるんだ！」

　担任は教卓をバシッとたたいた。

　なにをいきなり熱く……？

「今年失敗したから、なんだ！　まだ次がある、やり直せ
る。新しいクラスでやり直せばいい。このクラスで誰かを
傷つけてしまったと思うなら、もう同じことを誰かにする
な。それで来年、誰かが傷つかずに済むなら、失敗だって
ムダにはならない。来年は、それぞれのクラスで一丸と
なって、担任にすげーサプライズしてやれ。それが教師の
生きがいだからな。サプライズはそのクラスがうまくいっ
た証拠だ。その証拠を見られるのが教師の生きがいだ！
以上、解散！」

　担任はそう言うと、さっさと教室を出ていってしまった。

　嵐のような先生だ……。

「……なにあれ」

「熱血教師かよ、ははっ」

　クラスのみんなは唖然としたのちに、顔を見合わせて笑

い合っていた。

　私もなんだかおかしくて、クスッと笑ってしまう。

　担任は自分の立場を守るために、いじめの事実を隠していた。いじめられる私が悪いと叱った。

　ちょっとムカついた。

　でも……今の言葉は、ちょっと胸に響いた。

　来年は、誰も傷つけない。

　来年は、とびっきり素敵なサプライズをしよう。

　そう、胸に誓った。

2度目のバレンタイン

　帰り道、私も悠梓くんもあまりしゃべらなかった。
　まあ、もともと悠梓くんはあまりしゃべらないけど。
「3月だけど、まだ寒いね」
「そうだな」
　私は当たり障りのないことを言った。
「……3年はクラス、別々になるのかな」
　せっかく同じクラスでいられたのに、来年は離れ離れになってしまうかもしれないと思うと、なんだかさびしい気持ちになる。
　なんでもないことのように言って、彼の様子をうかがった。
「そうかもな」
　けれど彼は、表情を崩すようなことはしない。
　悠梓くんは、さびしくないのかな……。
「まあ8クラスもあるし、その可能性の方が高いだろうな」
　なんでネガティブな方向で考えるかな……。
　私は少しむっとしてみせた。
「バカ、あんまり期待しない方が同じクラスになれたときにうれしいだろ」
「あ、なるほど」
　納得できるような、できないような……。
「それに……」

Episode #3 >> 203

「それに？」

「朝は一緒に行く。お昼は屋上で一緒に食べる。帰りは一緒に帰る。ほとんど変わらないだろ？」

　そっか……。

「そうだね、それなら全然さびしくないね」

　そう言ったところで私の家に着いてしまう。

「じゃあまた明日……って、春休みだからしばらく学校行かないんだよね。暇なときとか誘ってね、どこか遊びにいこう？」

「うん」

「じゃあ……」

　なんかしばらく会えないかもって思うと、いつも以上に別れがたい……。

　でも悠梓くんのこと困らせたくないし……。

「またね！」

　私はニッと笑ってみせた。

「ああ、またな」

　私は急いで背中を向けて玄関に向かった。

　彼の顔を見ていると、どんどん別れがつらくなってしまうから。

　すると……。

「待て」

「わっ」

　悠梓くんにうしろから、手をつかまれた。

「やっぱり、もうちょっと」

「え……？」

「もうちょっとだけ、一緒にいてやる。じゃ、なくて……一緒にいたい」

　悠梓くんは照れくさそうに目をそらした。

「いいだろ？」

　悠梓くん……。

「うん！」

　私はうれしくなって悠梓くんに抱きついた。

「……はずかしいヤツ」

「いいの！　あ、そうだ、私のおうちに来る？」

「いいのか？」

「もちろん。目の前にあるしね」

　私たちは一緒に家に入った。

「おじゃまします」

「はーい、どうぞ」

「家、誰もいないのか？」

「うん、お父さんは７時くらいに帰ってくるから」

「ずいぶん早いな」

「今まで仕事ばかりしてたから、これからはできるだけ早く帰るようにするんだって」

　毎日一緒にご飯を食べて、なんでもない話をして、テレビを見て。

　そんな毎日が、私とお父さんの１ヶ月間の空白を埋めていた。

「うまくいってるみたいでよかった」

Episode #3 ≫ 205

「うん！　そういえば、悠梓くんの家族はどんな感じなの？」
「うちは、母親と父親と、あと兄貴がいる。まあ、普通に
仲はいいと思う」
「そっか。悠梓くんは家でもあまりしゃべらないの？」
「まあ、そうだな。そのかわり、兄貴はよくしゃべる」

　なるほど、お兄ちゃんがよくしゃべるから悠梓くんは静
かなのかな？

　私はお兄ちゃんに対して「うん」、「べつに」と、３文字
以内で返す悠梓くんを想像した。

　なんか……微笑ましい。

「おい」
「いひゃい」

　悠梓くんは私のほっぺたをつまんだ。

「今、あらぬことを考えただろ」
「そ、そんなことは……あるかも？」

　私は正直に口走ってしまった。

「いたたたたた」

　すると彼は、さらに私の頬を強くつまむ。

「次、ヘンなこと考えたら、ほっぺたちぎるから」
「そ、それはやめて！」
「ふっ、冗談」

　彼はあわてふためく私を見て、おかしそうに笑った。

「でも、いつか会ってみたいな。悠梓くんのお兄ちゃん」
「ああ、俺もいつか会わせたい。俺の大事な人だって、紹
介したい」

「大事な、人……」

　彼の言葉に、ポッと顔が赤くなる。でも、そんな風に思ってくれているなんて、うれしい……。

「紹介させてくれるか？」

「うん、もちろん」

　照れくさく思いながらも、私は彼に笑みを浮べた。

　それからソファに座って、彼と他愛もない話をしながらくつろぐ。

「ねえ、悠梓くん、なにかしたいことある？」

「そうだな……したいというか、食べたい」

「食べたい？　お腹空いてるの？」

「そうじゃなくて……」

　彼は少し迷ったあとに口を開いた。

「バレンタインのチョコ。あのときのチョコプリン、俺のだよな……？」

　あ……！

「もちろん！　もちろん、そうだよ！」

　バレンタインの日に高橋くんにひっくり返されてしまったプリン。

　あのときは悠梓くんに誤解されて、結局チョコは渡せずじまいだった。

「あのときは、嘘ついてごめんね？」

「許さない」

　え……！

「俺にもう１回チョコプリン作ってくれたら、許してやっ

てもいい」

　それって、私の作ったチョコプリンが食べたいってこと
だよね？

　やばい、うれしい……！

「うん、作る！　今すぐ作るから！」

　私はキッチンに飛びこんだ。

　エプロンを身につけ、冷蔵庫を確認する。

　板チョコに生クリーム、卵、バター……材料もそろってる。

「よし！」

　私は気合いを入れて袖をまくった。

　材料を泡立て器で混ぜ合わせていると、うしろから足音
が聞こえた。

「悠梓くん……？」

「まだ？」

「まだ？って、5分もたってないじゃない、ふふっ」

「待ちくたびれた」

「もう、ちゃんとおとなしく待ってて」

「やだ」

　なんか、甘えんぼだ、可愛い……。

「珠李……」

「わわ！」

　悠梓くんは突然、泡立て器でかき混ぜている私をうしろ
から抱きしめた。

「珠李、エプロン可愛い」

「も、もう、作業しづらいよ」

　私は照れ隠しにそう言ってのけた。

「なんか、奥さんみたい」

　お、奥さん!?

「俺が仕事から帰ってきたら、珠李がこうやってごはんを作ってくれてて、おかえりって、言ってくれて……」

　彼がそんなことを言うから、私もつい佐野くんとの未来を想像してしまう。

「一緒にごはんを食べて、一緒に皿洗いをして、デザートにプリンを食べながらテレビ見たり……」

　なんでもないようなことだけど、そんな生活を想像するだけでワクワクする。

　きっと、どこにでもありそうな、ありふれたことが、一番幸せなことだから。

「……ごめん、話が飛躍しすぎた。引いた？」

「そんなことないよ！　すごく素敵だなって、思ったよ」

　現実になったらいいな、なんて思ってしまったくらいだ。

　私の方が悠梓くんに引かれてしまいそう……。

「でも、いいな」

「え？」

「珠李が、奥さん」

「え……？　わ、私も！　悠梓くんの奥さんにしてもらえたらいいなって思うよ!!」

　って、これはプロポーズ……!?

「当たり前だろ」

「え……？」

「あんたが俺以外のヤツの奥さんになるなんて許さない。俺以外考えるな。一生、俺だけ見てろ」

「悠梓くん……うん！」

　私はうれしくて彼に飛びついた。

　こんなに幸せになれるなんて、想像すらしていなかった。

　彼はいつも、すぐに私の想像を飛びこえて、私の心をこれ以上にないくらい幸せで満たしてくれる。

　今までのつらかった日々を、どんどん塗りかえていってくれる。

　悠梓くんに出会えて本当によかった。

　悠梓くんに気持ちを伝えられてよかった……。

「そういうわけだから、早くプリン作れ」

「え、ええっ!?　なにがどうなって、そうなるの！　ていうか、悠梓くんが邪魔してくるから……」

「俺にこうされるの、嫌い？」

　そう言って彼はふたたび私をうしろから抱きしめる。

「それは、好きに決まってるけど……」

「じゃあ、俺のせいじゃない」

　もし悠梓くんの奥さんになったら、絶対に毎日振り回される……。

　結局うしろから抱きつかれたまま、最後まで作ることになったのだった。

「よし、あとは冷蔵庫で冷やすだけ」

「ずいぶんと時間がかかったな」

「誰のせいだと……！」

「あんたのエプロンが可愛かったのが悪い」

　そう言われると、つい喜んじゃうんだよね。

「チョコレート刻むときがすごかった。タッタッタッて、速かった」

「まあ、ごはん作るのは私の役割だし、包丁は慣れてるかな。悠梓くんは料理とかしないの？」

「家庭科の調理実習くらいでしかしたことない」

「そっかー。でも悠梓くんなら、なんでも器用にこなしちゃいそうだよね」

「いや、包丁は苦手だ」

「そうなの？」

「野菜の皮をむくと、ほとんど身が残らない」

「ぷっ」

　私は思わず噴きだしてしまった。

「おい、笑うな」

「ご、ごめん。可愛いなって思って」

「うれしくない」

「でも、安心したんだ」

　なんでもそつなくこなしてしまう彼だけど……。

「ちゃんと苦手なこともあるんだね！」

「当たり前だろ」

　苦手なこと聞いたの、なんかはじめてかも。

　もっと悠梓くんのこと、いっぱい知っていきたいな。

Episode #3 ≫ 211

　　1時間後。
「悠梓くん、プリン固まったよ」
「早く食わせろ」
「はいはい」
　　私は悠梓くんの前に、プリンとスプーンを用意した。
「はい、どうぞ」
「ん」
　　だが、悠梓くんはいっこうに食べようとしない。
「悠梓くん、食べないの？」
「食わせろって言っただろ？」
「え、うん？　……あ、なるほど」
　　食べさせてくれって意味ね。
　　なんか今日は甘えん坊さんだな……。
　　でも、たまにはいいかも。
「じゃあ……はい、悠梓くん、あーん」
「あ」
　　彼が無防備に口を開ける姿は、相変わらず可愛い。
「どう……ですか？」
　　私は悠梓くんの顔をのぞきこんだ。
「……うまい、すげーうまい……。　はやく、ふた口目」
　　彼は口を開けてふた口目を催促する。
　　気に入ってくれたんだ……よかった。
　　彼はそのままペロリと完食してくれた。
「ごちそうさま。おいしかった、すごく。口の中が幸せだった」

「ふふっ、よかった」

「来年もこれがいい」

「ホント？　じゃあ、そうしようかな」

　バレンタイン前の1週間、一生懸命に練習したチョコプリン。

　よかった、がんばったの無駄じゃなかった……。

　そう思ったとき。

　　──ガチャッ。

「ただいまー」

「え、お父さん帰ってきた……！」

　時計を見ると、すでに7時を回っていた。

　嘘、もうこんな時間!?

　どうしよう、悠梓くん、どうしよう！

　お父さんになにも言わずに家に人を入れているなんて、しかも、女の子の友達じゃなくて彼氏だなんて……！

　怒られはしないかもしれないけど、私の心の準備もできてないし、お父さんの心の準備もできてないよね？

「珠李ー、ただいま……っ！」

　リビングに入ってきたお父さんは、悠梓くんを見て固まった。

　事前に悠梓くんのこと話しておけばよかった……。

　私が後悔している横で、悠梓くんが口を開いた。

「珠李さんと同じクラスの佐野悠梓です。珠李さんとはお付き合いさせていただいてます。こんな時間までお邪魔してしまってすみません」

Episode #3 >> 213

「あ、ああ、そうか！　あ、いや、全然かまわないよ！」

　悠梓くんがしっかりしゃべってる……！

　ていうか、むしろお父さんの方がタジタジ！

「珠李さんのことは大事にします。これからもよろしくお願いします」

　悠梓くんはお父さんに頭をさげた。

　カッコいい……。

　そう思うと同時に、大事にされていることが伝わってきてうれしくもなる。

「あ、うん、こ、こちらこそ、よろしくお願いしましゅ！」

　お願いしましゅって、カッコ悪っ……！

「じゃあ、俺はこれで失礼します」

「あ、待って！　よかったら一緒にごはん食べていかないか？　こいつが作るんだけど」

「ちょっと、お父さん、なんてこと！」

　私はあわててお父さんを止めに入った。

「いえ、今日は親が俺の分まで用意してると思うんで。また今度、ご一緒させてください」

「ああ、いつでも来ていいからな」

　いつでもってことは、きっとお父さんは悠梓くんのこと受け入れてくれたんだよね。

　よかった……。

「ありがとうございます。それじゃあ」

「私、そこまで送ってくるね」

　私は玄関に向かう悠梓くんを追いかけた。

「おじゃましました」

「すぐそこまでだけど、送ってくね」

「サンキュ」

　玄関を出ると、冷たい風が吹き抜けた。

「寒いね」

「うん」

　私は、つい先ほどの悠梓くんのことを思い出した。

「悠梓くん、お父さんにあいさつしてくれてありがとう。うれしかった。それにハキハキしてるとこ、すごくカッコよかった。私のお父さんの方がタジタジで……」

　そう言う私の横で、悠梓くんは固まっていた。

「ゆ、悠梓くん？」

「……緊張した」

「うわっ」

　悠梓くんはそのまま私にもたれかかるようにして抱きついてきた。

「ホントはすごい緊張した。好きなヤツの親だと思うと、ちゃんとしなきゃって思ったけど心臓、やばかった。マジで緊張した……」

　そうだったんだ……。

　そうは見えなかったのに。

　がんばってくれたんだ、ふふっ。

「でも、お父さん、すごい優しそうだった。いい人だった」

「それはもちろん。私のお父さんですから」

　私は笑ってみせた。

Episode #3 >> 215

「そうだな。でも、お願いしましゅって言われたときは、ちょっと笑いそうになった」

「あ、ひどーい。お父さんに言っちゃおー」

「わ、悪い、それだけはやめてくれ」

　すごいあわててる、可愛い……。

「ふふっ、冗談だよ。　気をつけて帰ってね」

　家の門の前で、「バイバイ」と小さく手を振った。

「ああ」

「それじゃあまた……」

「待って、最後にもう1回だけ」

「え？」

　彼は私の顎をくいっと持ちあげ、素早くキスをした。

「も、もう、お父さんに見られちゃうよ」

「だから速いのにした」

「なるほど……」

　うーん、なんか物足りない……。

　私は彼のマフラーをつかんで引きよせ、彼よりも長く口付けた。

「っ……！　ば、バカ、こっちは我慢したのに……」

「だって、なんか足りなくて……」

「あんた、たまにすごく大胆だよな」

「そうかな？」

「無自覚って怖い」

「うーん……」

「まあいい。暇なときは連絡するから」

あ、私が言ったこと、覚えててくれたんだ……。

「うん！」

「じゃ、今度こそまたな」

「またね、バイバイ！」

　私は大きく手を振って彼を見送った。

Episode　#4

新しい季節

　よく晴れた日の朝。
「いってきます！」
「珠李、上靴忘れてるから！」
「え、あ、ホントだ！　お父さん、ありがとう。いってき
ます！」
「ははっ、いってらっしゃい」
　私はあわただしく家を飛び出した。
「悠梓くん、おはよう！」
　家の塀に寄りかかる彼に、元気よく声をかける。
　2年生の頃と変わらず、彼は私を家まで迎えにきてくれ
ていた。
「はよ。朝から騒がしいヤツ」
「だって、今日から3年生だから」
　そう。
　4月8日、今日から新学期がはじまるんだ。
「ま、元気でなによりだな」
「ちょっと、今バカにしたでしょ」
「べつに」
「絶対嘘だー」
「早く行くぞ、遅刻する」
「はーい」
　私は口を尖らせてみせた。

Episode #4 ≫ 219

「なんだ、こうしてほしいのか？」

「え？」

　彼は長い胴体を折り曲げ、チュッと小さくキスをした。

「そ、そういう意味じゃないよ！」

「知ってる、俺がしたかっただけ」

「もう……」

　新学期の朝は、いつもより甘酸っぱかった。

　春休みの間も、何度か彼と会っていた。

　お花見に行ったり、ショッピングに行ったり……。

　連絡もこまめに取っていたし、さびしくなることはなかった。

　そして、今日から３年生ということで、私は心機一転、髪の毛を黒く戻し、ブレザーの下にはキャメルのカーディガン、短すぎないスカートにし、ルーズソックスも紺のハイソックスに変えてみた。

「あんた、だいぶ雰囲気変わったな」

「そうかな？　ヘン？」

「いや、可愛いと思う」

「……っ！」

「ギャル珠李も可愛かったけど、こっちの珠李も可愛い」

　３年生になって、彼の甘さもパワーアップしたようだ。

　脳みそが蒸発してしまいそうになる。

「顔、赤くなってるけど？」

「き、気のせいだから！　もう、悠梓くんのバカ」

「サンキュ」

彼はうれしそうに小さく笑った。

　学校に着くと、掲示板の前に人だかりができていた。

「結構、緊張してきたかも……」

「ヘンな期待はするなよ」

「あ、そうだったそうだった」

　とは言いつつ、やっぱりどこかで期待してしまう。

　悠梓くんと同じクラスだったらいいな。

「じゃあ悠梓くんの分まで見てくるね」

「ん、サンキュ」

　私は人ごみをかき分け、掲示板に近づいた。

「1組は……ちがう。2組も、3組も、うーん、ないな……

　4組、5組……！」

　私は5組の名簿を見たあと、悠梓くんのもとへ駆けつけた。

「悠梓くん、悠梓くん！」

「あんた、その顔、まさか……」

「同じクラスだった……！」

「本当か!?」

「うん！」

「……やばい、これは想像以上にうれしい」

　悠梓くんは、私にぎゅっと抱きついた。

「ゆ、悠梓くん!?　みんなに見られちゃうよ！」

「大丈夫、みんな掲示板に夢中」

「それでもはずかしいよ!!」

　でもこれは、悠梓くんなりの喜びの表現だよね……？

悠梓くんも私と同じクラスで喜んでくれてるんだ……。

　そう思うと、悠梓くんを押し返すことができないのだった。

「5組っ、5組っ♪」

　私はスキップしながら教室に向かっていた。

「あんた、スキップヘタだな」

「す、スキップにうまいもヘタもないよ」

「手と足が同時に出てる。ていうか、バカがバレるぞ」

「いいの、これが私なりの喜びの表現だから」

　悠梓くんと同じクラスだもん、浮かれないわけないじゃん。

「だいたい悠梓くんだって、うれしすぎて私に抱きついて

きたくせに」

「うるせ」

　彼はなにも言わなくなった。

　なんか、悠梓くんの扱い方わかってきたかも……。

　教室に入るなり、悠梓くんを見た女子たちがひそひそと

話しはじめる。

　背が高くてイケメンで、きっとこのクラスの女子たちに

もモテるんだろうな……。

　ふたりで黒板に貼られていたプリントを見て、自分たち

の席を確認する。

「席、また前後だね」

「まあ、櫻田と佐野だからな。だいたい最初の席は出席番

号順だし」

「去年は私がうしろだったけど、今年は、悠梓くんがうし

ろだね」

　去年は３学期のはじめに席替えをして、たまたま悠梓くんのうしろの席だったのだ。

「そうだな。授業中うしろから、あんなことしたり、こんなことしたり……」

「な、なにする気!?」

「冗談」

「もう、怖くて前向けないよ」

　そんなやり取りをしていると、３人の女子が悠梓くんの周りに集まってきた。

「佐野くん、だよね？」

「うん」

「私、去年隣のクラスだったの！」

「そう」

「私は隣の隣の隣のクラスだよ！」

「へえ」

　それはもはや、近くのクラスでもないんじゃ……。

「今年は同じクラスだね！」

「ああ」

「すっごくうれしい！」

「俺はべつに」

　相変わらず言葉数が少ない……。

　が、そんな悠梓くんに対して相変わらず女子たちはきゃっきゃと騒いでいる。

　ていうか、悠梓くん、他のクラスの女子からも人気だっ

Episode #4 >> 223

たんだ。さすが……。

　そう思うと同時に、ちょっと不安になった。

　みんな可愛い。悠梓くんが他の女の子に目移りしたら、どうしよう……。

「それはない」

　悠梓くんは私の鼻をむぎゅっとつまんだ。

「い、痛いよ、そのクセやめて！　ていうか、声に出てた？」

「顔にうるさく書いてある」

「う……」

　そういえば悠梓くんは、私のことはなんでもお見とおしなんだった。

　ん？

　気づくと、いつの間にか女子たちの視線は、私に集まっていた。

　え、ど、どうしよう……。

「さ、櫻田珠李です、よろしく……ね？」

　わ、沈黙だ……。

　私は一気に不安な気持ちになった。

　去年のクラスでは、転入してすぐにいじめられてしまったから、正直、新しく話す人たちは少し怖い。

　今年はうまくやっていけるかな？　また、ひとりになったりしないかな……。

「もしかして、佐野くんの彼女？」

　不安に思っていると、ひとりの女の子がそう尋ねてきた。

「あ、えっと……」

「そう、俺の彼女」

　私が困っていると、悠梓くんが助け船を出してくれる。

「そうなんだー。いいね、イケメン彼氏」

「あ、ありがとう」

　私はあいまいに笑ってみせた。

「あ、そうだ。私、加藤桃佳っていうの」

「うち、本田由梨！」

「吉田愛菜でーす」

　次々と私に自己紹介をしてくれる。

　もしかして、友達になれるチャンス……？

「なんて呼ばれてるの？」

「あ、えと、サクちゃんって呼ばれてたよ！」

「なにそれ、可愛い！　じゃあ私もそう呼ぶ」

「私、ももって呼ばれてるから」

「うちはそのまま由梨ー」

　よかった、なんだかうまくやっていけそう。

　私はホッと胸をなでおろした。

　そのあとも、悠梓くんの周りに集まってくる女子たちと、どんどん仲よくなることができる。

　悠梓くんが人気者で、ある意味得したかも……。

　去年転入してきたときには、みんなと仲よくなれなかったし、声を失っていたから話しかけることもできなかった。

　でも今は、みんなに話しかけられたときに答えることができる。

　自分から話しかけることだってできる。

それは誰にでもできる当たり前のことで、ごくごく普通のこと……。

でも、当たり前の日常が、普通のことが、私にはすごくすごくうれしかった。これから1年間、クラスのみんなと楽しい思い出を作れたらいいな。

そして放課後、私たちはいつものように一緒に帰っていた。

「よかったな、みんなと仲よくなれて」

「うん。悠梓くんのおかげだね」

「俺はなにもしていない」

「まあ、そうだね、ははっ」

今回、彼はただ座っていただけだ。

ただ座っていただけで話しかけられるなんて、本当にモテるって、きっとこういうことだよね。

おかげでたくさんの人と話すことができたけど……。

それに、ずっと彼が近くにいてくれたから、黙って見守っていてくれたから、私は安心していられた。

不安だけど、がんばろうって思えた。

ただ、悩まされたことがひとつ。

「新学期初日からあんなもの渡すなんて、ありえない……」

「まあ、俺たち3年だからな」

先生から配られた進路調査表に頭を悩まされていた。

うちの学校はとくに進学校でもないから、大学に行く人もいるけど、就職したり、専門学校に行く人も多い。

「悠梓くんは大学に行くの?」

「いや、大学には行かない」

　え、そうなんだ？

「頭いいのに？」

「俺は別にやりたいことがあるからな」

「え、じゃあもう進路、決まってるの!?」

「一応な」

　そんな……！

　彼女なのに、悠梓くんのこと、全然知らなかった。

　まだまだ私が知らないこと、たくさんあるんだな……。

「ちなみに、聞いてよかったりするの？」

「べつにいいけど」

「なんて書くの？」

「専門学校」

「なるほど……」

　専門学校に行くんだ……。

　なんの専門学校に行くのかな？

　聞きたいけど、あまり質問攻めにするのも、よくないかな。

「あんたはどうするんだ？」

「私？」

「ああ。あんたには、ちゃんと夢があるだろ」

「……まあ、あるけど……」

　一度声を失ってあきらめたけど、今はあきらめる理由なんてない……。

　小さい頃からずっと変わらない、私の将来の夢。

　あのアコースティックギターをかき鳴らして、たくさん

の人たちの前で、私の歌を歌うこと。

「……あれ？　どうして悠梓くんが知ってるの？」

「さあ」

　彼は意地悪に笑った。

「えー、気になるよ！」

「嫌だ。あんたが思い出すまで俺は言わない」

「え、思い出す……？　私、いつ悠梓くんに話したっけ？」

「だから、それを思い出せって言ってんだろ？」

「そうだけど……」

　結局、悠梓くんは教えてくれなくて、その日の帰り道は
ずっと、そのことで悩まされた。

　思い出せないまま、私の家にたどり着いてしまう。

「……じゃあ、またね」

「ああ、また明日」

　そうは言ったものの、やっぱり気になる……。

「悠梓くん！」

　私は悠梓くんを追いかけ、うしろからぎゅっと抱きついた。

「ねえ、悠梓くん、帰らないで……？」

「っ……！　コラ、その言い方やめろ」

　彼は私の頭を小突いた。

「ダメ？」

「……はぁ。ダメなわけないだろ」

「やった」

　私は彼に家にあがってもらうことにした。

　きっと長い時間一緒にいれば、聞きだせるはず！

「ただいまー」

「おじゃまします」

　私たちは誰もいないはずの家に入ったのだが……。

「おかえりー」

「「……えっ!?」」

　返ってきたその声に、ふたりして固まった。

「お、お父さん、いるじゃねーかよ」

「私も知らなかったよ！」

　玄関でコソコソ話していると。

「珠李ー、帰ってきたんじゃないのか？」

　そのままお父さんは玄関まで来てしまった。

「おお、佐野くんか」

「……どうも、お久しぶりです」

「遊びにきてくれたのか？」

「あ、はい、突然すみません……」

「いやいや、いつでもいいってこの前言っただろ？　そん
なとこに突っ立ってないで、珠李も早く入れてあげればい
いのに」

「あ、そうだね！」

　あれ、意外と普通だ……。

　私たちは安心して家の奥に進んだ。

「じゃあ今日は、私の部屋行こっか」

「ああ、そうする」

　私たちは２階の私の部屋に移動した。

「ふぅ、びっくりした。なんでお父さん、おうちにいるん

だろう……」

「ホントによかったのか？　お父さんもいるのに」

「もちろん！　でも悠梓くん、お父さんがいたらリラックスできないよね、ごめん……」

「そんなことない」

「お父さんのことは全然気にしないで、くつろいでていいからね」

「サンキュ」

　悠梓くんとそんなことを話していると、部屋にお父さんが入ってきた。

「ジュースとお菓子、持ってきたから」

「ありがとう、お父さん。で、でも、あんまり入ってきちゃダメだからね」

「ははっ、大丈夫、もう入らないから。そういえば、佐野くん」

「は、はい」

　悠梓くんは背筋を伸ばして身がまえた。

　わ、すごい緊張してる。

　可愛い……とか言ったら絶対怒られる……。

「君、どこかで見たような……」

「え……」

　ど、どういう知り合い……？

　この前会ったときは、なにも言ってなかったのに。

「たしか……」

「すみません、珠李さんには内緒にしてもらっていいで

すか？」

「え、珠李は覚えてないのか？」

「そうみたいなんです」

「薄情なヤツだなー。じゃあ、ゆっくりしていってくれ、佐野くん」

「ありがとうございます」

　お父さんは私の部屋を出ていった。

「今の話は、どういう……まったく話が見えないんだけど」

「内緒」

「でも、覚えてないってことは、さっき帰り道に話してたことと関係があるの……？　お父さんも知ってることなの？私、なにを忘れてるの？」

「質問攻めだな」

　悠梓くんは苦笑した。

「小学校の頃の卒アル、見せて」

「え？」

「珠李が小さい頃、見たい」

「な、なんでいきなり……って、さっきの話そらそうとしてるでしょ」

「してない」

　彼の顔は、思いのほか真剣だった。

「悠梓くん……？」

「いいから、早く」

　私は急かされて、小学校の頃のアルバムを取り出した。

「私はたしか４組で……あ、あった」

Episode #4 >> 231

「髪の毛が黒い、化粧してない」

　アルバムのページをめくると、隣からのぞきこんできた悠梓くんが、私の写真を見つけて言う。

「あ、当たり前でしょ。小学生なんだから」

「将来の夢は歌手になること」

「……え？」

　私の夢、なんで知ってるの……？

「歌うことが大好きだからです」

「なに言って……」

「俺の夢は美容師になること」

　次々と発せられる悠梓くんの言葉に、私はとまどっていた。

「あんたが思い出すまで待とうって思ってたけど、やっぱり待てない」

　悠梓くんは私の耳もとに唇を寄せた。

「早く思い出せよ」

　彼の低い声に、心臓が跳びあがる。

「そ、そんな心臓に悪いことされたら余計に思い出せないよ……」

「2組のページ、開けてみろよ」

「え？　えっと……2組……あった」

「ここ見て」

　悠梓くんの指先には〝佐野悠梓〟の名前が。

「……え？　同じ小学校!?」

　そこには、なんとなく面影のあるような、けれど今の悠梓くんとはちがって、気が弱そうな男の子が写っていた。

その写真を見て、私はあるセリフを思い出す。

『僕の将来の夢は、美容師になることです』

「あ、そうだ……」

　今まで忘れていた記憶が、一気に頭の中を駆けめぐった。

大好きな気持ちだけで

　私が思い出したのは、小学校３年生の頃のこと。

『私の将来の夢は、歌手になることです』

　小学校の授業で、クラスのみんなの前で作文を読んだことがあった。

　その日の作文のテーマは「将来の夢」。

『私が歌手になりたいと思ったのは、歌うことが大好きだからです』

　私は物心ついた頃から歌うことが大好きで、いつも歌手になることを夢見ていた。

　よくお父さんとお母さんにヘタくそな歌を聞かせては、上手だねってほめられて、調子に乗って何度も歌ったりしていたんだ。

　けっして歌が上手なわけではない。

　でも、歌うことが大好きだった。本当に、誰よりも大好きだった。

　そして、私の次に作文を読んだのは……。

『じゃあ次は、佐野悠梓くん』

『はい……』

　彼だった。

　私たちは３年生の頃、同じクラスだったのだ。

　彼は自信なさげにみんなの前に立っていた。

『僕の将来の夢は……』

彼はそれだけ読んで、なにも言わなくなった。

『佐野くん、どうしたの？』

　先生に聞かれても、彼はうつむいたまま。

『先生がかわりに読もうか？』

『ダメ……』

　そう言いながらも、そのあとも読むことなく、彼はそのまま自分の席に戻ってしまった。

　その授業のあとの休み時間、私は作文を読まなかった彼のことが気になって話しかけた。

『ねえ、どうして作文読まなかったの？』

『だって……』

　彼は小学生の頃から言葉数が少なかった。

『ねえ、作文見せてよ』

　そして私は、とにかく天真爛漫な少女だった。

『わ、ちょっと、櫻田！』

『えっと、僕の将来の夢は、美容師になることです。……そうなんだ。美容師って髪の毛切る人でしょ？』

『うん……』

　私はそこでぱっと目を輝かせた。

『すごい！　佐野くん、カッコいいー！』

　その頃の私は、美容師という仕事に憧れがあった。

　素早くハサミを動かし、短い時間で髪形を変えてしまう美容師さんの手は、魔法の手なんじゃないかって、美容院に行くたびにワクワクしていた。

Episode #4 >> 235

『でも俺、すげー不器用なんだ』

『不器用?』

『うん。ハサミとか使うのうまくなくて……だから、美容師には向いてないんだ』

　私は彼の言葉に首をかしげた。

『美容師はハサミ使うの、うまくなくちゃいけないの?』

　当時の私は、彼にむちゃくちゃな質問をした。

『あ、当たり前だろ!　だって、人の髪の毛を切るんだから……』

『でも私、将来の夢歌手だけど、全然歌上手じゃないよ?』

『え……?』

『歌は上手じゃないけど、でも、好きなの、大好きなの!歌うことが好きで好きで仕方ないの!　それだけじゃ足りないのかな?』

　なんて理屈の通らない説明だったんだろう。

　でも、今でもその気持ちは変わらない。

　うまく歌えないけど、私は歌うことが好きだから。

　大好きだから。

　歌手になりたいって気持ちは、それだけで十分だって思う。

　それから私は彼に当時好きだった歌を1曲、歌った。

　音程はめちゃくちゃだったと思う。

　でも彼は、すごく目をキラキラさせて聴いてくれた。

　そのことをはっきりと思い出した。

　そっか。

　あのときの男の子が悠梓くんだったんだ……。

「思い出した？　俺ら、同じ小学校だったんだ。俺は転校してきたときすぐに気づいたのに、あんた、全然気づかないから、いつ気づくか試してたんだけどな」

　小学生の頃に住んでいた家に戻ってきたから、当時同じ小学校に通っていた人たちもいて当たり前なんだけど、まさか悠梓くんと同じ小学校だったなんて……。

　同じクラスになったのは、たしか小学3年生のときだけだし、接点もほとんどなかったから、話をしたのはそのときくらいだ。

　佐野という名字はたいしてめずらしくもないし、小学校の頃に同じクラスだった男子の下の名前なんて、呼んだことがない。

　そして、なにより……。

「あの頃の悠梓くんと、全然ちがうんだもん……」

　背は低いし、声は高いし……あの頃は、今みたいに無口でクールというよりか、ただのはずかしがり屋だった。

「まあ、あんたは成長しなかったってことだな」

　そ、そんなぁ……。

「あのとき、あんた俺に1曲歌ってくれただろ？」

「うん」

「あんた、全然音程合ってなくて」

「そ、そんなこと、自分でもわかってるよ……」

　私は本当に歌がうまくなかった。

「でも、すげーキレイな声だった」

「え……」

Episode #4 ≫ 237

「透きとおるような声。俺はあんたの歌に夢中になった。それに、あのときのあんたの言葉、すげー胸に響いたんだ。好きって気持ちだけで理由は十分だって」

そっか、あのときの言葉、ちゃんと届いたんだ……。

「俺は髪を切るのが好きだ、だから美容師になる。今でもずっとそう思ってる。だから俺はあのとき、あんたの歌う声に、あんたの言葉に助けられたんだ。夢をあきらめずに済んだんだ。あんたがお母さんを傷つけたっていう声は、俺を助けた優しい声だ」

「悠梓くんを助けた、優しい声……」

考えてもみなかった。

ずっとずっと……私の声は、大事な人を傷つけただけの声だって思ってた。

でも私の声は……大事な人を助けた声だった。

私が知らない間に、悠梓くんを助けていたんだ……。

「いつか言っただろ？　俺はあんたに助けられた。だから俺はあんたを助けたい、守りたい」

お父さんと仲直りした翌日、彼が私に言ってくれた言葉。

あのときは内緒って言われて、教えてくれなかったけれど。

「そういう意味だったんだ……」

「それに、あの頃から、俺はあんたのことが好きだった」

「え、嘘……」

私は小田さんの言葉を思い出した。

『俺は櫻田が好きだから』

転入して1週間の私を好きだと言ってくれた悠梓くん。

　そっか、そういう意味だったんだ……って、ん？

「10年間ずっと私のことが好きだったの!?」

「うん」

「途中、何年も会ってなかったのに？」

「うん」

「私、あの頃と全然ちがったのに？」

「ははっ、そうだな、はじめは驚いた。髪の毛は茶色いし、化粧は濃いし、短いスカートはいて、ルーズソックスまではいて、暗い顔して……昔はあんな天真爛漫だったのにって」

　悠梓くんの中でも私は天真爛漫な子だったんだ……。

「オマケに声も出ない。俺を助けてくれた声。俺が大好きだった声」

「悠梓くん……」

「だから助けたいって思った。あんたの夢を叶えるために、俺は声を取りもどしてやりたいと思った。でも、半分は俺のためだった」

「悠梓くんのため？」

「俺を助けてくれた、俺が大好きだったあんたの声を、もう一度聞きたかった。だから半分は俺のワガママだったんだ、ごめん」

　そうだったんだ……。

「そんなの、なおさらうれしいよ。私の声を好きだって思ってくれるなんて……そんなワガママだったら、うれしいに

決まってるよ」

　私は悠梓くんにぎゅっと抱きついた。

「私の夢は、歌手になることです。歌うことが大好きだから。今でもその夢は変わらない。私、絶対に叶えるよ」

「うん。俺も叶える。俺は絶対に美容師になる」

　その言葉を聞いて私は気づいた。

「あ……！　この髪の毛……」

　私は自分の髪に触れた。

　悠梓くんが切ってくれた髪。

「練習……してるの？」

「うん、俺が憧れてた美容師さんに弟子入りっていうか……教えてもらってる」

「そっか、そうだったんだ……」

　自分の手先が不器用で、美容師に向いていないと言っていた悠梓くん。

「いっぱい、がんばったんだね……そんなの、叶わないはずないよ！　悠梓くんなら絶対なれる。私、応援してるからね！」

「サンキュ」

　そうだ、私も悠梓くんに報告しなくちゃ。

「私もね、練習してたんだ」

「練習？」

「うん、ボーカルスクールに通ってたの。向こうに転校してから、こっちに戻ってくるまで」

　引っこした都会の街では音楽が盛んで、音楽系のスクー

ルがたくさんあった。

　ずっと歌手になりたいと言っていた私の夢を叶えるために、お父さんとお母さんがボーカルスクールに入れてくれたのだ。

「そうなのか？」

「引っこしちゃったし、それに、声が出なくなったからやめちゃったけど……でももう一度、一からがんばる」

「あんたも、俺の知らないところでいろいろがんばってたんだな」

「ふふっ、ありがとう。それにね」

　私はベッドサイドに置かれたアコースティックギターを手に取る。

「中学生になってから、ギターもはじめたの。お父さんとお母さんに買ってもらって、ずっと練習してた」

　そして今度は、机の引き出しの中から数枚の紙を取り出す。

　五線譜に書かれた音符と、丁寧に書かれた言葉たち。

「楽譜……？」

「うん。自分で歌詞を書いて曲をつけてるの。今の私の夢はシンガーソングライターになること」

　今の私にならできる。

　声があるから。

　ヘタクソだって、ずっとずっと歌っていられる。

「自分の声で、自分の言葉を届けたい。自分だけが知ってる音を、たくさんの人に聞いてほしい」

「カッコいいな、あんた」

Episode #4 >> 241

　そう言ってもらえたことがうれしくて、私ははにかんで
みせた。
「聞きたい。もう一度、あんたの歌」
「本当？　じゃあ、1曲歌っちゃおうかな。悠梓くんがは
じめての人だよ。私の歌を聞いてくれる人」
　私はベッドにあがり、あぐらをかいてギターを抱える。
　ピックでギターをかき鳴らし、息を吸った。

　知らない道を
　手探り歩いて
　やっと見つけた夢は
　やれるかわからなくて

　見る先だけは
　いつだって輝いて
　眩しさに負けてずっと
　下を向いていた

　でもね気づいたんだ
　叶わないかどうかは
　いつも私が決めること
　運命なんて変えてみせる

　好きで 大好きで
　それだけの気持ちが

ちっぽけな私を
　　強くしてくれたの
　　ねえ　大好きな
　　ココロは誰にも
　　負けないよ
　　きっと夢のまま
　　終わらせたりしないから

　　好きで　大好きで
　　それだけの気持ちで
　　ちっぽけな私を
　　強くしてみせるよ
　　ねえ　大好きな
　　ココロを誰かに
　　伝えたくて
　　きっとこの声を
　　君に届けるから

　歌いおわると、悠梓くんは私を優しく抱きしめてくれた。
「悠梓くん……？」
「なんか、わかんねーけど、あんたの声も、言葉も、音も
やっぱり俺に響くんだ……あのときだって、今だって、い
つだって、あんたの声が俺の心を動かしてる」
　うれしい……。
　ううん、それ以上だ……。

Episode #4 ≫ 243

　自分の声が、言葉が、音が……誰かの心を動かしてる。

　大好きな人の心を動かしてる。

　きっと、あの頃からずっとそうだったんだ。

　小さい頃、お父さんとお母さんの心を動かせたことがう
れしくて、だから私はいつも歌っていたんだ。

　私の声が人を笑顔にしたり、うれしい気持ちにさせたり、
がんばろうって思えるような勇気を与えたり……だから歌
うことが楽しくて、うれしくて仕方なかったんだ。

　やっぱり、歌うことが好きだ、大好きだ！

「それに、うまくなったな」

「ホント？」

「ああ、ちゃんと音程合ってるっぽい。あんたが作った曲
だから知らないけど……あのときは、たしかにどこかヘタ
だった」

「だ、だから昔の話はダメだって！」

「いいじゃねーか、昔のことなんだから」

　そう言って悠梓くんはイタズラっ子のように無邪気に
笑った。

「進路調査表、はじめから悩む必要なんてなかったんじゃ
ないか？」

「うん、私も専門学校に行く。絶対に、歌手になる」

　音楽をやっていくなら、東京に行くしかない。

　せっかくお父さんともとどおり生活できるようになった
し、家を離れるのはさびしいけど……でも、絶対に夢を叶
えたい。

それだけは、譲れない。

　そういえば、悠梓くんの専門学校はどこなのかな……？

　離れ離れに、なるのかな。

「あんたの夢は応援したい。けど……」

「けど？」

「……あんま、離れたくないな」

「え……？」

「……聞こえなかったらいい」

　ふふっ、しっかり聞こえてるんだから。

「私だって、ずっとずっと一緒にいたいんだよ？　だって悠梓くんのこと、大好きだもん」

「しっかり聞こえてるんじゃねーかよ、クソ……」

　悠梓くんは照れくさそうに頭をかいた。

「ねえ、指切りしようよ」

「お互いが夢を叶えるように？」

「そう」

「仕方ねーな」

　私は悠梓くんと小指を絡ませた。

「私は歌手になる。悠梓くんは美容師になる。ふたりが絶対に夢を叶えるように……指切りげんまん、嘘ついたら針千本飲ーます」

「「指切った！」」

　私たちはお互い照れくさくなってコツンと額を合わせて笑い合った。

「好きだ、珠李」

「私も」

「ちゃんと好きって言えよ」

「ふふっ、そう言われるとはずかしいな……」

　私はしっかりと悠梓くんの目を見つめた。

「悠梓くん、大好き」

「ああ、知ってる」

　私たちはお互い、吸いよせられるようにキスをした。

　それは長くて甘い、とても幸せなキスだった。

夢を叶えるために

　　１年後。
　　私は玄関で靴ひもを締めていた。
「珠李、忘れものないか？」
「うーん、あるかも」
「おいおい、そう簡単に届けられないんだから……」
「そんなこと言われたって……必要なものがたくさんあり
すぎて確認のしようがないんだもん」
　　右手には、たくさんの荷物が詰められたキャリーケース。
　　左手には、アコースティックギター。
「まあ、ケータイと財布、ギターがあれば、生きてはいけ
るよね」
「そうだな。困ったら彼もいるし」
「そうだよ、だから心配しないで」
「それは無理な話だな」
「あはは」
　　私は立ちあがって、お父さんと向き合った。
「じゃあ、いってくるね」
「本当にここでいいのか？　駅まで車で送ってもいいんだ
よ？」
「ううん、いいの。ここがいい」
「そうか」
　　ふたりの間に沈黙が流れた。

Episode #4 >> 247

「お父さん……今日までお世話になりました。まあ、これからもお世話になるんだけどね」
「そうだな、離れてるってだけで、俺の娘なことに変わりはない」
「小さい頃からずっとお母さんは入院してて、私の近くにはお父さんしかいなかったけど……でも、大事に育ててくれたから、こんなにいい子に育ったんだよ」
「ははっ、自分で言うなよ」
　そうやって笑いながらも、お父さんの目は涙で濡れていた。
「お母さん死んじゃって……声が出なくなって、お父さんもこの家からいなくなって。そんな時間がしばらく続いて、たしかにつらかったけど……今こうやって笑っていられるのは、今日までにお父さんと、あの空白の時間を取りもどすことができたからだよ」
「うん、お父さんも、珠李といろんな話ができて楽しかったよ」
「そっか、よかった」
　私は小さく深呼吸した。
「お父さん、私、楽しかったときも苦しかったときも、全部全部ひっくるめて、すっごく幸せだったよ！　どんなときだって、私はお父さんの娘だったこと、後悔したことは絶対にないよ！」
「珠李……！」
「お父さん、大好きです！　今日まで本当にありがとう。私を生んでくれて、育ててくれて、いっぱいいっぱい、幸せ

な気持ちにしてくれてありがとう！」

　泣かない、絶対泣かない……。

「いってきます！」

　私は精いっぱいの笑顔を見せて、お父さんに背中を向けた。

　玄関を出ると、タクシーが待っていた。

　トランクに荷物を乗せてもらい、後部座席に乗りこむ。

「駅までお願いします」

「はい」

　そう伝えおわると同時に、我慢してた涙が一気に溢れた。

　やっぱりさびしい、さびしくないわけない……。

　でも、今のさびしい気持ちが、絶対に私を強くしてくれる。

　だから、泣くのは今だけにしよう。

　そう心に誓った。

　そして……。

　次に帰るのは、夢を叶えてから。

　夢が叶ったよって報告するために、あの家に帰る！

　強く決心して、私は涙を拭った。

　駅に着くと、私はすぐにホームに向かった。

　東京行きの新幹線を待つために。

　私は決めていたとおり、東京の専門学校に行くことに
なったのだ。

　ホームに並んで待っていると、うしろから名前を呼ばれた。

「珠李」

「え、悠梓くん……!?」

Episode #4 >> 249

　大好きな人の声だから、すぐにわかった。

「どうしてここに……？」

「俺も東京に行くから」

「それは知ってたけど……」

　悠梓くんも私と同じく、東京の専門学校に行くことになったのだ。

　東京での住まいは、じつは同じマンションだったりする。

　もちろん、部屋は別々だけど。

「珠李の新幹線の時間に合わせた」

　悠梓くんも、大きなキャリーケースを転がしていた。

「そうだったの!?　それならそう言ってくれたらよかったのに……」

「期待してなくて会えたときの方がうれしいだろ？」

「なるほど……」

「……うれしくなかったのか？」

　悠梓くんは不安そうな表情で尋ねた。

　わ、可愛い……。

　ちょっと意地悪しちゃおうかな。

「さあ、どうかなー」

　私がそう言うと、悠梓くんは私の顎をくいっと持ちあげた。

「俺に意地悪なんて、100年早い」

　さっきとは打って変わった意地悪な表情に、心臓がドキドキと音を立てる。

「俺に会えてうれしくないわけないだろ？　あんたのことは俺がすべて知ってる」

またそういうことを……！

でも、ホントに全部わかってるから、なにも言えないんだよね。

ていうか……。

「そろそろその手と視線をはずして！　心臓に悪すぎるから」

「やだ」

やだって、可愛いし、もう！

「あんたがはずかしがる姿、俺が好きなの知ってるだろ？」

「この鬼畜！」

「サンキュ」

「ほめてないっ！」

　新幹線に乗りこむと、悠梓くんは窓の外を見ているようだけど、なにも見ていないようで、どこかぼーっとしていた。

「……悠梓くん？」

「意外と、くるもんだな」

「え……？」

「俺、思ってたより親とか兄貴に依存してたみたいだ。結構、さびしい……」

　泣きそうで、それでもこらえている。

　そんな表情をしていた。

「そんなの、当たり前だよ。さびしいに決まってる。ずっと大事に思ってきた人と離れ離れになるんだもん……私だって、さびしい」

「そのわりには、元気そうだな」

Episode #4 >> 251

「え？」

「あんたのことだから、びーびー泣きじゃくってるのかと思った」

「もう泣いた！　だからもう泣かない。強くなるって決めたから。私はもう泣いたりしない」

「そうか。やっぱりあんたは強いな」

　悠梓くんは私の頭をくしゃくしゃとなでた。

「もう、そういうことされると泣きたくなっちゃうんだけどなー」

「俺も、あんたにそういう顔されると、泣きたくなるんだ」

　それでもお互い、絶対泣いたりしなかった。

　引っこし先のマンションに到着し、私たちはそれぞれの部屋に向かった。

　部屋に入って、すぐにキャリーケースを開けた。

　ちょっと休憩したいところだけど……私の場合、ちょっとどころじゃ済まなそうだし。

　私はキャリーケースの中身を片づけることにした。

　服はクローゼットの中に入れて……これは洗面所に持っていかなきゃね。

　中身を順番に出していくと、中から入れた覚えのない、白い封筒が出てきた。

　封筒の表に書かれているのは……。

"珠李へ"

　これ……お母さんの字だ……。

裏返すと、付箋が貼ってあった。

"お母さんから預かっていました。珠李が大人になったら渡すように言われていたので、中に入れておきます。"

こっちは、お父さんの字……。

私は封筒を開けて、手紙を読むことにした。

《珠李へ

この手紙を読んでいるということは、珠李が大人になったってことね。

18歳くらいかな。

珠李が大人になるまで生きられないみたいなので、この手紙をお父さんに託すことにしました。

たくさんお見舞いに来てくれてありがとう。

とってもうれしいです。

お母さんには言葉で表すことしかできないけど、ちゃんと伝わってたかな?

いつも一緒にいてあげられなくてごめんね。

きっとさびしい思い、いっぱいしたんだよね。

でも、珠李は絶対さびしいなんて言わなかったよね。

こんなに強い子に育ってくれたのは、きっとお父さんのおかげね。

珠李が小学生だったとき、私に読んでくれた作文を、今でもはっきりと覚えています。

『私の将来の夢は、歌手になることです。歌うことが大好きだからです』

あのとき、歌ってくれたよね。

　珠李の声は、透きとおるようなキレイな声で、お父さんもお母さんも、珠李の声が大好きです。

　それに、珠李の声で、私はいつも元気になれたの。

　病気と闘ってこられたの。

　あなたの声が、いつだって私を支えてくれた。

　だから、その声で、たくさんの人を支えてほしい。

　元気にしてほしい。

　勇気を与えてほしい。

　だから、絶対に夢を叶えてください。

　そしてお母さんにたくさん歌を聞かせてください。

　どこにいたって、ちゃんと聞こえてるからね。

　そして、たくさん笑って、幸せになってください。

　それがお母さんにとっての幸せで、最初で最後の夢です。

　お母さんは珠李になにもしてあげられないけど

　それでも、誰よりも珠李のことを応援しています。

　珠李、生まれてきてくれてありがとう。

　元気に育ってくれてありがとう。

　珠李の夢が叶いますように。

　お母さんより》

　傷つけただけの声だと思ってた。

　お母さんになにもしてあげられなかったと思ってた。

　でも、私の声が、お母さんの支えになっていた。

　私の声を、好きだと言ってくれた。

お母さんが、誰よりも私の夢を応援してくれていた。

　どこにいたって、聞いていてくれる。

　私の幸せを望んでくれている。

「お母さん……」

　ボロボロとこぼれ落ちる涙。

　もう……さっき泣かないって決めたのに……。

　強くなるって、決めたばかりなのに……。

「お母さん……」

　私は手紙をぎゅっと胸に抱きしめた。

　絶対、叶えるから……。

　いつだって、お母さんに聞こえるようにこの声で、歌うから……。

　誰かを支えられるような、元気にできるような、勇気を与えられるような。

　そんな歌手になるからね……。

　そして、ずっと笑っていよう。

　幸せになろう。

　お母さんの最初で最後の夢を叶えよう。

　そう固く決心した。

声をくれた君に

「お疲れ様でーす」

レコーディングルームから出ると、プロデューサーが出迎えてくれた。

「お疲れ様です」

「いやー、今回も絶対いいCDになるよ。とくにサビのところとか、すごい気持ち伝わってくる。"好きで 大好きで"あのフレーズ、頭から離れないんだよね」

「そう言っていただけると、ホントにすっごくうれしいです。ありがとうございます」

今回のCDで3枚目。

サードシングルは、私がはじめて作った歌。

はじめて悠梓くんに聞いてもらった歌だった。

「今回はとくにメッセージ性が強いし、珠李ちゃんらしさがよく出てると思うよ」

「はい、ありがとうございますっ！」

私はオーディションを受け、みごと合格し、事務所に入ることができた。

デビュー曲から順調に売れ、最近はテレビや雑誌のオファーも殺到している。

「そういえば珠李ちゃん、髪形変わった？」

「はい、似合ってますかね？」

「うん、すっごく可愛いよ。やっぱりオシャレな美容院で

切ってたりするの？」

「髪はいつも彼氏に切ってもらってるんです。彼、美容師なので」

　悠梓くんも無事専門学校を卒業し、東京の美容院で働いている。

　いつか自分の店が持てるようにと必死に腕を磨く日々。

　美容院では、不愛想なイケメン美容師として、ちょっとした有名人になっているらしい。

　日に日に常連客も増え、順調な様子だ。

「そういえば彼氏、美容師だって言ってたね。いいなー、公私ともに順調って感じだね」

「ふふっ、そうですね」

「そろそろプロポーズされるんじゃない？」

「プロポーズなんて！　そんな！」

　私はあわてふためいた。

「ははっ、珠李ちゃん、顔まっ赤」

　でも、プロポーズか……。

　いつか、してもらえるといいな。

　ううん、してもらえるように私ががんばらなくちゃ。

「ただいまー」

　専門学校を卒業したと同時に、私たちは同棲をはじめていた。

　私はレコーディングに収録、取材など、すべてのスケジュールを終え、わりと遅めの時間に帰宅した。

Episode #4 >> 257

　あれ、電気ついてない……。私の方が絶対遅いと思って
たのに。
　リビングの電気をつけると。
「あ！」
　ソファに、大きな体が横たわっていた。
「悠梓くん、寝てる……」
　私は彼の顔の前にしゃがみこんだ。
　長いまつげ、筋の通った鼻、きめ細かい肌。
　私の彼氏さんはやっぱりイケメンだなー、なんて。
「悠梓くーん」
　私は彼のほっぺたをつついてみた。
「ん……珠李……」
　彼は幸せそうな顔で、私の名前をつぶやいた。
　ふふっ、どんな夢見てるんだろう。
　私は悠梓くんを起こさないように、そっと立ちあがっ
た……つもりだったのだが。
「ん……珠李、帰ったのか？」
　あ、起こしちゃった……。
「ただいま、悠梓くん」
「おかえり」
　彼はまぶしそうに目をこすっていた。
　ネコみたい……。
「もうごはんは食べたの？」
「まだ」
「え!?　冷蔵庫に作って入れてたんだけど……気づかな

かった？」

「いや、あんたと一緒に食べようと思って、待ってた」

　そういうの、すごくうれしい……。

「ありがとう、悠梓くん」

「ん」

「じゃあ今から温めるね」

　ふたり分のごはんを温め、食卓に並べて手を合わせる。

「「いただきます」」

　その日のごはんはオムライスだった。

「ん、うまい」

「そう？　よかった」

「なんか、いつもとごはんの味がちがう」

「あ、気づいた？　今日はケチャップライスじゃなくてバ
ターライスにしてみたの」

「へえ……。日に日にレパートリーが増えていくな。なん
か、幸せ」

「ふふっ、私も悠梓くんにそう言ってもらえて幸せだよ」

　なにも特別なことはない、どこにでもあるような日常。

　だけど、そんな毎日のささやかな幸せが、私の心を温か
いもので満たしていた。

　それから数日後の仕事帰り、私たちはまっすぐ家に帰ら
ず、外で待ち合わせをしていた。

　ふたりとも翌日の仕事がオフで、デートしようというこ

Episode #4 ≫ 259

とになったのだ。

　ふたりのお気に入りの洋食屋さんでごはんを済ませ、帰りに寄り道をして帰る。

「珠李、海に行きたい」

「海？　うん、いいけど……」

　彼から行きたいところを提案されるのはめずらしい。

　いつも私に合わせてくれているから、彼の行きたいところを聞けるのは素直にうれしかった。

　数十分後。

「う……寒っ……！」

　夜の海は、少し肌寒かった。

　冷たい風がふたりの間を吹き抜ける。

「悠梓くんは寒くないの？」

「寒い」

「それはそうだよね……」

　私は小さく眉間にシワを寄せる悠梓くんに苦笑した。

「どうしていきなり海に来たいなんて思ったの？」

「俺が一番好きな場所だから」

　そういえば、海が好きだって言ってたっけ。

　何度か海辺をドライブしたり、砂浜をふたりで歩いたりした。

　最近はふたりとも忙しくて、来ることができずにいたのだけれど。

　ふと悠梓くんの横顔を見ると、なんとなく強張っている

ように見えた。

　なんか、今日の悠梓くん、ヘン……。

　どうしたんだろう？

　私まで緊張が移りそう。

　そんなことを考えていると、悠梓くんが私の正面に立った。

「俺が一番好きな場所で、俺が一番好きなあんたに言いたいことがある」

「え……」

　いつも以上に真剣な表情。

　好き、というストレートな言葉に、胸がドキドキと高鳴る。

「珠李。俺は、あんたに出会ってから変われたんだ。自信が持てなかった俺に、声をくれた。そんなあんたに俺の人生を変えられた」

　それは私も一緒だ。

　優しい彼がいてくれたから、私は変わることができた。

　夢を叶えるための、声を取りもどすことができた。

「あんたはいつもまっすぐで、一生懸命で、どんなときだって強さを忘れない、優しさを忘れない、すげー人だ。そんなあんただから、俺は好きになった」

　あまり彼は、私の好きなところを具体的に教えてくれたりはしない。

　そんな風に思っててくれたんだ……うれしい……。

「あんたと一緒にいて、俺は弱いところとか、鈍いところとか、いろんなあんたを見つけて。でもそんなところも、全部全部ひっくるめて、やっぱ大好きだって思った。一生、

Episode #4 ≫ 261

手放したくないと思った。一生、隣にいたいと思った」
「一生……？」
　……これからもずっと、私が死ぬまで一緒にいてくれるの？
「あんたを守るのは、ずっとずっと俺がいい。10年後も、100年後も、俺は変わらずあんたを愛し続ける。この先俺には、あんた以上に好きになれるヤツなんて絶対にいない。あんたがこの先好きになるヤツも、きっと俺しかいない。こんなにも俺を好きにさせたんだ。だから……」
　悠梓くんはそこで小さく息を吸った。
「俺と結婚しろ。いや……」
　悠梓くんは私の手を取り、指を絡ませる。
「結婚、してください。俺の一生をかけて、あんたを、珠李を、世界一幸せにすることを約束する」
「悠梓……くん……」
「一緒に幸せになろう」
　彼の言葉のすべてを理解して、私はボロボロと涙を流した。
「うん、うん……っ」
　何度も何度も強くうなずく。
「悠梓くんの、お嫁さんにしてください……私も、悠梓くんのこと、世界で一番幸せにするから……」
「俺は、あんたが隣にいれば、もうなにもいらない」
「そんなの、私だって……」
　私は悠梓くんにぎゅっと抱きついた。
「珠李……好きだ、大好きだ。世界で一番愛してる……」

「私も、世界中の誰よりも悠梓くんのこと、愛してる……」

　悠梓くんは苦しいくらいに、私をぎゅっと抱きしめ返してくれた。

「珠李」

　私は悠梓くんに名前を呼ばれ、顔をあげた。

　悠梓くんは、そっと私の左手を取る。

「俺が世界一あんたを愛してる証」

　薬指にヒンヤリとした感触を覚える。

「わ……」

　小さなダイヤがキラキラと輝く指輪だった。

　その指輪に、悠梓くんが小さくキスを落とす。

「一生そばにいる。あんたが嫌と言っても俺は離さない」

「私だって……悠梓くんが嫌って言っても、離してあげないんだから……」

「俺が嫌になるわけないだろ」

　彼は自分の額を、私のそれに合わせた。

　お互いの目を見つめるけど、照れくさくてお互い、はにかんでしまう。

　けれど、そんな瞬間が、私の胸の奥をぎゅーっと締めつける。

「愛してる、珠李……何度言ったって足りない。言葉だけじゃ言いあらわせない。この気持ち、全部全部通じてるか？」

「うん、ちゃんとわかるよ……悠梓くんにも伝わってる？私の気持ち、全部」

「当たり前だ。俺のこと、好きで好きで仕方ないんだろ？」
「もう……」
　そうだよ……好きで好きで、仕方ないんだよ……。
「珠李」
「悠梓くん」
　私たちはもう一度見つめ合って、そっと唇を重ねた。
　悠梓くんの想い、すべてが伝わるようなキス。
　それは、世界一幸せなキスだった。

　すべてを失って
　暗く閉ざされた毎日
　そんな私に手を差しのべてくれた彼
　いつだってそばにいてくれて
　私に夢を叶えるための
　声をくれた君

　自分に自信が持てなくて
　夢をあきらめていた
　そんな俺を変えてくれた彼女
　いつだって心に響く歌で
　俺に夢を叶えるための
　声をくれた君

　声をくれた君に
　いつだって笑っていてほしいから

幸せな気持ちでいてほしいから

「珠李、愛してる」
「私も、悠梓くんのこと、愛してる」

　　いつだって君に、この声を与え続けよう。

　　　　　　　　　　　　　　　　　　End

after story

温かい場所

シンガーソングライターとしてデビューして約5年。

私は広い客席を見渡せる、大きなステージの上に立っていた。

「はい、じゃあ最後にアンコールの立ち位置、お願いします」

スタッフの声で、私はパフォーマンス中の立ち位置を確認する。

私が今立っているのは、武道館のステージ。アーティストなら、誰もが夢見る舞台だ。

約15,000人分の席が並ぶ、大きな大きな舞台。

私もこの場所をずっと目標にしてがんばってきた。

この場所で歌いたくて、たくさんの努力をしてきた。

このステージの上で、たくさんの人に、私の音を、言葉を、声を届けたい。

私の音楽で、たくさんの人に勇気を与えたい、笑顔にしたい。

そんな気持ちが、今日まで私の背中を押してくれた。

今日、私はついに、その夢を叶えることができる。

目を閉じれば、私の声を聞いてくれるファンの姿が思い浮かぶようで、今にも泣いてしまいそうだ。

でもこの涙は、ライブが成功するまで取っておこう……。

最終リハーサルを終え、ステージからおりると、私はマ

ネージャーのもとへと向かった。

　デビューからずっと支え続けてくれた私のパートナー、佐伯さん。

「佐伯さん、お疲れ様です」

「ああ、お疲れ。喉の調子はどうだ」

「はい、完璧です」

「そうか、ならいい。ライブまで特にすることはない、好きにしておけ」

「わかりました」

　ライブがスタートするのは午後7時、今から約5時間後。

　リラックスできるようにと、佐伯さんがリハーサルから本番までの時間を長く取ってくれたのだ。

　彼はいつも私のことを考えてくれている。口調はぶっきらぼうだけど、すごく優しい人だ。

「緊張してるか？」

「まあ、緊張はしています。でも、それ以上に楽しみで楽しみで……ずっとこの場所で歌いたかったから……」

　数時間後のライブのことを考えると、つい頬がゆるんでしまう。

　早くファンのみんなに会いたい。

　本当は今すぐにでも歌いだしたい気分だ。

「こんな大きなステージを前にして楽しみなんて、いかにもお前らしいな」

「佐伯さん、バカにしてます？」

「いや、尊敬してるよ。マジメで努力家なお前には、いつ

も感心してる」

「佐伯さん……」

　そんな風に思っていてくれたんだ……。

　彼の優しい言葉に、つい目を潤ませてしまう。

「泣くなよ、面倒くさいから。さっさと楽屋(がくや)に戻って旦那(だんな)とでも遊んでおけ」

「なんですかそれ、ふふっ。佐伯さん、いつもありがとうございます」

　私は今までの感謝の気持ちを込め、あらたまって彼に頭をさげた。

「なんだ急にあらたまって、気持ち悪い」

　気持ち悪いって……。

「それに、礼ならライブが成功してからにしてくれ。俺も、楽しみにしている」

　彼は小さく口角をあげた。

　佐伯さんも楽しみにしてくれているんだ。絶対に成功させなきゃ。

「はい！」

　私は満面の笑みで大きくうなずいた。

　楽屋に戻り、温かい紅茶を飲みながらソファでくつろいでいると、控えめなノックが部屋に響いた。

　この力のない感じ、絶対、悠梓くんだよね。

「はーい」

　私は上機嫌でドアを開けた。

するとそこには、大きな花束を抱えた悠梓くんが立っていた。

「悠梓くん……?」

「武道館ライブ、おめでとう」

　彼から手渡された花束は、抱えるのもやっとだった。

　両手で抱きかかえると、お花のいい香りが鼻を通る。

「俺は花なんてガラじゃないけど……あんたはこういうの、好きそうだと思って」

　そう言って彼は耳をまっ赤にして、照れくさそうに頭をガシガシとかいた。

　どうしよう……こんなの、うれしすぎる……。

「ありがとう、悠梓くん」

　私はうれしい気持ちを伝えようと彼にとびきりの笑顔を向けた。

　そんな私の表情を見て、彼も安心したように小さく笑う。

「あと、もうひとつ」

「もうひとつ?」

　彼は大きな手を私の頬に添え、私の唇にそっと口づけた。

　優しく温かい、まるで彼そのもののようなキス。

　突然のことで驚いて、私の肩は小さく震えた。

「あんたが今日までがんばってきたご褒美」

　彼はやわらかく微笑んだ。

　いつも安心させてくれる、私の大好きな笑み。

「今日まで、よくがんばったな。まあ、これがゴールってわけじゃないけど。デビューしてからいろいろあったけど、

そのたびに、あんたは乗りこえようと一生懸命だった」

　たしかに今日までの道のりは、決して平坦ではなかった。

　ライブで思うように歌えなかったり、曲作りに行きづまったり、スキャンダルを撮られたり、ネットでたたかれたり……。

　そのたびにくじけそうになった。何度も負けそうになった。

　でも、ファンの人たちが応援してくれたから、佐伯さんが支えてくれたから。

　そして悠梓くんが、いつもそばで見守っていてくれたから……。

「いつも隣で一生懸命なあんたに、俺はずっと憧れていた」

「え……？」

　私は予想外の言葉に小さく首をかしげた。

「俺も、自分の夢のためにもっと一生懸命になりたい。ひたむきに、まっすぐに、どんなことにも負けずに進んでいきたい。そう思わせてくれたのは、いつだってあんただ」

「悠梓くん……」

「いつもがんばってくれて、ありがとう。あんたがいてくれるから、俺もがんばれる」

　ありがとうなんて、私のセリフなのに……。感謝しなきゃいけないのは私の方。

「私だってがんばってこれたのは、悠梓くんのおかげなんだよ。いつもそばにいてくれたから。いつも私のことを優しく見守ってくれて、誰よりも応援してくれて……。だから私は一生懸命になれたの」

高校生のときからずっとそう。

　私が負けずにがんばり続けられるのは、いつも彼に助けられているから。

　彼の優しさが、いつも私を前に進ませてくれた。

　彼がそばにいてくれるだけで、どんなことだって乗りこえられた。

　お互いの存在が、お互いを前に進めていく。

　そうして私たちは、一歩一歩夢へと近づいてきたんだ。

「今日も楽しみにしてる。思いっきり歌ってこい」

「うん！」

　これから先も彼が前へ進んでいけるような、そんな歌を歌おう。

　彼がこの声をくれたから……この声で、いつだって彼を、大切な人を幸せにしたい。

「それから、他にもあんたに会いたがってるヤツがいるんだ」

「私に？」

「呼んでくる」

　彼は私を残し、楽屋を出ていった。

　しばらくして、ふたりの男女を連れて戻ってくる。

　私の目に映ったのは……。

「……久しぶり」

「よ、櫻田！　元気にしてたか？」

「小田さん！　高橋くん!!」

　高校の頃の同級生、小田さんと高橋くんだった。

ふたりに会うのは高校を卒業して以来だ。

　つまり７年ぶりの再会。

　ふたりとも、ずいぶん大人っぽくなっていた。

　でも面影はしっかりと残っている。

　小田さんとは結局仲直りできないまま、私は高校を卒業してしまった。

　距離は少し縮められたものの、わだかまりは残ったまま。

　なのに……。

「どうして、ここに……？」

「どうしてって、櫻田さんの歌聴きに来たからに決まってるでしょ。ほら、差し入れ」

　小田さんはぶっきらぼうに、私に押しつけるようにして白い箱を差し出した。

「ケーキ、焼いたから食べて」

「ケーキ!?　嘘、うれしい、ありがとう!!」

　私は箱をぎゅっと抱きしめた。

「ちょっと、ケーキつぶれるでしょ」

「わわっ、ごめんごめん」

　私は近くにあったテーブルに丁寧に置いた。

「……私ね、ずっと聴いてたの」

「え……？」

「櫻田さんの歌、いつも聞いてた。CDを出して、テレビに出て、ライブをして……そんなあんたを、ずっと見てた」

「小田さん……」

　私の知らない間に、知らないところで、ずっと応援して

くれていたんだ……。

「なんていうかその……カッコよかった。すごく。いつも
キラキラしてて……私も負けないようにがんばらなきゃっ
て、櫻田さんの曲聴いて、私もがんばってきたの」

「うん……」

「だから……ありがと。これからも応援してあげるから、
がんばりなさいよね」

　そう言ってふいっと顔をそらしてしまうけれど、私の心
は、なにか温かいもので満たされていく。

　カッコいいって思ってくれた。

　私のがんばりを、認めてくれた。

　私の歌は、小田さんにも届いていたんだ。

　ちっぽけでも、小田さんの背中を押す歌を歌えたんだ……。

「ありがとう！　私も応援してるから！　私も小田さんに
負けないように、ずっとずっとがんばってみせるから!!」

「……うん、今日のライブも楽しみにしてる」

　そう言って彼女は小さな笑みを見せてくれた。

　やっとわだかまりが解けた。これできっと、小田さんと
も友達になれたんだよね……？

「あ、それと」

「ん？」

「私ね、佐野くんより好きな人ができたの」

「え……？」

　彼女はチラッと高橋くんの方に視線を向ける。

「そうそう、俺俺」

「え、そうなの!?」

　私は目をパチパチさせながら、顔を赤くする小田さんとニヤニヤする高橋くんの顔を交互に見た。

「ちょっと、ニヤニヤしないでよね」

「いって、すね蹴るなよ。フツーに痛いから」

「今度、結婚するの」

　え!?

「結婚!?」

　全然知らなかった。予想もしていなかった。

　ふたりが付き合っていたなんて。

　それどころか、今度結婚するなんて……！

「櫻田も来いよ。披露宴、佐野と一緒に招待するから」

「行く、絶対行く！　悠梓くんも行くよね？」

「ん。あとコイツの名字、櫻田じゃなくて佐野だから」

　悠梓くんは、むっとしながら高橋くんに訂正する。

「あーはいはい、ごちそーさんです」

「佐野くんって意外とノロケたりするのね」

「……べつに、ノロケたつもりはない」

　小田さんも高橋くんも、お互い愛し合える人を見つけたんだ。

　ふたりを見ているだけでわかる。お互いがお互いを想い合っていること。

　きっとこの７年間でいろいろあったんだよね。

　ふたりでいろんなことを、乗りこえてきたんだよね。

　よかった、ふたりとも幸せそうで。見てるこっちまで幸

せになってくる。

「じゃあもう行くから、またね」

「うん、楽屋までわざわざありがとう」

　楽屋のドアから、ふたりの背中を見えなくなるまで見送る。

　ふたりに再会できてよかった。

　小田さんの気持ちを聞けてよかった。ずっと、心残りだったから……。

「よかったな、またファンが増えて」

　悠梓くんもうれしそうに私に声をかける。

「うん！　ふたりのためにも今日は、素敵なライブにしなくちゃね」

「そんなに意気ごまなくても大丈夫。いつもどおりのあんたらしい姿を、ふたりも楽しみにしてると思うから。もちろん、俺も」

「悠梓くん……そうだね！」

　私にしか歌えない、私らしい歌をみんなに届けよう。

　ライブ開始時間になり、私はステージの脇（わき）に立つ。

　カーテンに隠れ、こっそりと観客席の方をのぞくと、そこに見えたのは、たくさんの人たちの笑顔だった。

「珠李ー！」

　客席から、私を呼ぶ声が聞こえる。

　私の歌を楽しみにしてくれていることが、痛いくらいに伝わってくる。

　私、こんな素敵な場所で歌えるんだ。こんなに幸せなス

テージで歌えるんだ……。

　そばに置かれていたアコースティックギターを抱え、大きく深呼吸する。

　お父さんとお母さんが私にプレゼントしてくれた、大事な大事なギター。

　武道館でライブができることになったら、1曲目はこのギターで歌おうと決めていたのだ。

　このギターで歌えば、お母さんがそばで見守ってくれるような気がして。

　お父さん、お母さん、いってきます！

　聞いててね、ふたりがくれた私の声。

　私はたくさんの人たちが待ってくれているステージへと飛び出した。

　同時に聞こえてくる、悲鳴にも似た大きな歓声。

「みなさんこんばんは、今日は来てくれてありがとうございます。楽しんでいきましょう！」

　バックバンドの人たちと息を合わせ、私はギターをかき鳴らした。

　ストロークに合わせて揺れるペンライト。

　みんながこの会場で一体となっているのがわかった。

　会場中が笑顔で溢れている。

　客席の一番前には、悠梓くんの姿が見えた。

　それに佐伯さん、お母さんの写真を持ったお父さん、悠梓くんの家族。

　いつも私を、近くで支えてきてくれた人たち。

みんなありがとう、本当に本当にありがとう……。

　私が今ここに立って歌っていられるのは、目の前にいる、たくさんの人たちのおかげだ。

　大好きな人たちに囲まれて、大好きな人たちと、大好きな歌を歌える。

　これ以上のステージなんて、きっと見つけられない……。

　大切な人たちが集まった温かい場所。

「みなさん、本当にありがとうございます……私、今すごくすごく幸せです……」

　歌っているうちに、涙声へと変わってしまう。会場に流れる優しい温度は、私の溢れる涙を抑えてくれなかった。

　そんな私を、大きな拍手が包みこんでくれる。

　ありがとう、みんな大好きです。

　溢れだす強い強い気持ちを、私は声に変えた。

　すべての人に感謝を込めて、武道館いっぱいに私の声を響かせた。

世界一、幸せに

　1月23日、日曜日。

　今日は、私の26回目の誕生日。

　大人げなく内心、とてもワクワクしていた。

　それに、今日は悠梓くんの仕事が休みの日だ。

　どんな風に祝ってくれるのかなー。

　なんて期待しつつもじつは、彼はまだ寝ている。

　ちょっと、今日は嫁の誕生日！

　大事な珠李ちゃんの誕生日だよ!!

　けれど、彼の寝顔は本当に可愛くて……起こせないんだよね。

　私はいつものように彼のほっぺたをつつきはじめた。

　すると。

「ん、ちかう……」

　え、誓う？　なにを？

「ぷっ」

　彼の意味不明な寝言に、つい笑ってしまった。

「ねえ、悠梓くん、起きてよー」

　もうすぐお昼だ。

　まあ、いつもお仕事がんばってるし、無理やり起こすのも悪いよね。

　私はあきらめてリビングに戻った。

after story **》》 279**

　それからしばらくして、お昼ごはんの準備をしようとエプロンをつけてキッチンに立つと、急に背中が重たくなった。
「はよ」
「おはよう、悠梓くん。もうお昼だけどね」
「ん、いい夢見てたから起きたくなかった」
「どんな夢見てたの？」
「大量のチョコレートが空から降ってくる夢」
「ふふっ、たしかにそれは幸せな夢だね」
「けど、起きたら全部なくなってた」
　彼はいつもどおり無表情だけど、どこか哀愁が漂っていた。
　か、可愛すぎる……！
　彼の無垢な姿ににやにやしていると。
「お腹空いた。早くメシ作れ」
　さっきまでの落ちこんだ姿が嘘かのように、ごはんを作る私を急かしてくる。
　相変わらずマイペースだなぁ。
　ていうかそんなことより、私誕生日なんだけど。
「ねえ、他になにか言うことないの？」
　私は悠梓くんにムッとしてみせた。
「ない」
「え？」
「えってなに？　今日なにかあったっけ？」
「ええっ!?」
　悠梓くんは眠そうに目をこすり、あくびをしながらダイニングテーブルについた。

まさかの、嫁の誕生日を忘れている……！

　私の目の前はまっ暗になった。

　ごはんができあがり、ダイニングテーブルに運んでいく。

　いやいや、まさかね。

　これはサプライズの一環で……うん、きっとそうだ。

「今日はオムライスだよー」

「ん、ケチャップ貸して。俺があんたのオムライスに書い
てやる」

　おっと、もしかしてここでまさかのサプライズ？

　"お誕生日おめでとう" とか書いてくれたりして……！

　けど、悠梓くんがオムライスに書きはじめたのは……。

《寝ぐせ、ついてる》

「え、寝ぐせ？　どこ!?　って、オムライスの上で報告す
るのやめてくれる!?」

「言うのめんどくさくて」

　それくらい、がんばってよ！

　もう、全然サプライズでもなんでもなかったし……。

「珠李も早く。俺のオムライスにリス描いて」

「はいはい」

　彼はリスが好きなので、オムライスにはいつもリスを描い
てあげている。

「はい、どうぞ」

「……なんか、いつもよりブサイク」

　ふん、私ちょっと怒ってるんだから。

って、反抗の仕方が幼稚だな、私……。

我ながらバカらしく思えてしまった。

まあ、今日という日はまだ12時間もあるんだから、きっとどこかでお祝いしてくれるよね。

そう思っていたのだけど……3時間後。

私は悠梓くんの足の間に座っていた。

なにもなさすぎる、いつもどおりすぎる。

「珠李」

「な、なに!?」

私は彼の言葉の続きに期待して、目をキラキラさせながら悠梓くんの方に振り向いた。

「眠い」

「えっ!? ていうか、さっきまでしっかり寝てたよね?」

「じゃあ寝ない」

もう、この際どっちでもいいよ……。

私は悠梓くんにバレないように、こっそりとため息をついた。

「珠李」

「なに?」

私はもう期待することをやめた。

「今日ってさ」

ん? 今日……!

「はい、なんでしょう!」

私はふたたび目を輝かせた。

「……夜ごはん、なに？」

「夜ごはん!?　もう、なんでもいいよ……」

　はあ、期待した私がバカだった……。

「……ハハッ」

　悠梓くんは突然、ひとりで笑いはじめた。

「ゆ、悠梓くん？　どうしちゃったの？」

「さっきからあんたの反応見てるのがおもしろくて」

「私の反応……？」

「ちゃんと知ってる」

　彼は私の耳もとに唇を寄せた。

「ハッピーバースデー」

　低く、無駄に甘い声が耳もとに響く。

「ふ、普通に言ってよ！」

　でも、ちゃんと覚えててくれた……！

「ったく、忘れるわけないのに。あんたの誕生日は、高校
のときからずっと覚えてる」

　はじめて彼に誕生日をお祝いしてもらったのは高校２年
生、17歳のとき。

　ヘッドホン、くれたんだよね。

　数回故障してしまったけど、修理に出しながら今でも
ずっと、大事に使っている。

　どうしても、悠梓くんがくれたこのヘッドホンを使って
いたくて。

　それから毎年、私のことをお祝いしてくれて、悠梓くん
が私のために選んでくれたものが、どんどん増えていく。

それがとくにうれしかった。

「夜はレストランを予約してある。あんたが好きなフレンチだ」

「悠梓くん……好き、大好きーっ！」

　私は彼の首に腕を回した。

「プレゼントもちゃんと用意してある、安心しろ」

「うんっ」

　悠梓くんを見つめれば、チュッと小さくキスをしてくれる。

「ねえ、もう１回して？」

「いいよ」

　彼はもう一度私に口づけた。

　彼に触れるたび、幸せな気持ちが募っていく。

「……そうだ、今から遊園地にでも行くか？」

「え、遊園地？」

「レストランの予約まで時間あるし。あんた、遊園地好きだろ？」

「うん、行きたい！　あ、でも、悠梓くんってああいう人が多いところ苦手じゃなかったっけ？」

「まあ、あんまり得意じゃないけど……。でも、あんたが喜んでる顔、見たいから」

　彼は私に小さく笑ってみせた。その表情に、キュンと胸が高鳴る。

　結婚して５年の月日がたつ今でも、彼にはときめかされてばかりだった。

それから私たちは家を出て、近くにある遊園地へとやってきた。

　ふたり並んで、遊園地の中を歩きまわる。

「あんた、そんな格好で大丈夫なのか？」

「え？　あ、変装のこと？　大丈夫だよ、メガネかけてるから」

　一応、シンガーソングライターとして名が知れているので、他のお客さんたちにバレないようにとメガネをかけてきたんだけど、彼はそれでも心配のようだ。

「これもかぶっとけ」

「わわっ」

　彼は自分がかぶっていたキャップを私に深くかぶせた。

　おかげで視界はまっ暗になってしまう。

「もう、前が見えないよ」

「電柱にぶつかってコケれば？」

「なにそれ、ふふっ。でも、ありがと」

「べつに」

　私はキャップをかぶり直し、彼に笑みを向けた。

　休日だということもあり、家族連れのお客さんで園内はにぎわっていた。

「珠李、寒い」

「はいはい」

　私は悠梓くんの手をぎゅっと握った。

「それじゃあんまりあったかくない」

　彼は手を一度離し、しっかりと指を絡ませる。

「ん、あったかい」

　満足そうな顔をする悠梓くん。

　か、可愛い……。

　仲よく指を絡ませながら園内を回り、いろいろなアトラクションを楽しんだ。

　しばらく楽しんで、私たちは休憩することにした。

「ん」

「ありがとう」

　悠梓くんは売店でソフトクリームを買って、私に手渡してくれる。私の好きなチョコレート味。

「悠梓くんはバニラ？」

「うん。もちろん、こうするため」

　悠梓くんは小さく口を開けた。

「はいはい」

　私は悠梓くんの口もとに、チョコレート味のソフトクリームを運ぶ。

「ん、うまい。ほら、あんたも」

「あー……ん、おいしい」

　私は彼に差し出されたバニラ味のソフトクリームにかぶりついた。

　口の中も心も幸せ……。

　幸せに浸りながら頬をゆるませていると……。

「ママー！」

　そう叫びながら走る３歳くらいの女の子が、私の前まで

走ってきた。

「ママ！」

「え？」

　そしてそのまま私の足に抱きつく。

「ママ見つけた！」

「ええっ!?」

　わ、私がママってこと!?

「珠李、隠し子……？」

　悠梓くんは小さく眉間にシワを寄せた。

「そんなわけないから！」

　私はとりあえずしゃがんで、その子と目線を合わせた。

「どうしたの？　迷子？」

「まいご？　ううん、みゆね、ママのこと探しにきたんだ
よ！」

「みゆちゃんっていうの？」

「うん、みゆだよ！　ママ、抱っこー」

　完全に私のことをママだと思っている。どうしてだろ
う……。

　すると、悠梓くんも私の隣にしゃがんで、みゆちゃんの
ことをにらみはじめた。

　いやいや、悠梓くん怖いから！

「……ぐすっ、ママ、おじちゃんが怖い〜！」

「お、おじ……！」

　彼は衝撃的な顔をしていた。あはは、まだ十分若いもんね。

　私はみゆちゃんを軽く抱きしめ、頭をよしよしとなでた。

after story >> 287

「見てただけなのに、なんで？」

　彼は納得がいかないようで、不服そうな顔をしている。

「いやいや、完全ににらんでたからね？」

「にらんでた？　俺が？」

　もしかしてあれは、無自覚……？

　私はみゆちゃんの顔をのぞきこんだ。

「誰と来たの？」

「パパ！」

「そっか、じゃあパパのところに帰ろう？」

「うん！　ママとパパと一緒に遊ぶ！　パパはこっちだよ」

　そう言って小さな手で私の指を引っぱる。

　子どもって、やっぱり可愛い……。

　その可愛さにニコニコしながら悠梓くんの方を見ると、彼はあからさまに不機嫌な顔をしていた。

「ゆ、悠梓くん？」

「なんであんたがママなのに、俺はパパじゃないんだ。俺はあんたの旦那じゃないのか？」

「それは……みゆちゃんがパパと一緒に来たからじゃないかな、あはは」

　私は彼に苦笑した。すると、彼はふたたびみゆちゃんに話しかける。

「おい、みゆ。俺は誰だ？」

　いやいや、怖い怖い！

「……おじちゃん」

「なっ……」

悠梓くんはどうしても、おじちゃんなんだね。
「ぷっ」
「おい、なに笑ってんだよ」
「ごめんごめん、ふふ」
「謝る気ないだろ」
「だって、おかしくって」

　しばらくみゆちゃんに連れられて歩いていたけど、みゆ
ちゃんのパパはなかなか見つからなかった。
「パパ、どっかに行っちゃった……」
　きっとみゆちゃんのパパも、今頃必死になって探してる
よね。早く送りとどけてあげなくちゃ。
「ママ、みゆ疲れちゃった、抱っこ」
「うん、おいで」
　私はみゆちゃんを抱きあげた。私の首に腕を回し、ぎゅっ
と抱きついてくる。
　可愛い……。
　みゆちゃんを抱き、悠梓くんと並んで歩く私たち。
　周りから見たら、家族に見えるのかな……なんて。
　自分の考えに少し照れくさくなった。
「親子みたいだな」
「え？」
　突然隣から降ってくる声に、驚いて顔をあげる。
「あんたがママで、みゆが子ども。俺はおじちゃんじゃな
くてパパ。周りから見たら、そう見えるんじゃないかと

思って」

　悠梓くんも同じように思っててくれたんだ。

　なんだかうれしい……。

「いつか、ほしいな」

「ほしい？」

「うん、俺とあんたの子ども」

「悠梓くん……」

　いつか家族が増えて、こんな風に家族みんなで仲よく歩けたらいいな……。

　そんな素敵な未来を思い描いて、私は頬をゆるませた。

「ねぇおじちゃん、肩車して？」

　みゆちゃんは途中で抱っこに飽きたのか、悠梓くんの方へと手を伸ばした。

「仕方ないな。珠李、みゆを貸せ」

「いいの？」

「ん、任せろ」

　悠梓くんは軽々とみゆちゃんを抱きかかえ、自分の肩の上にまたがらせた。

「わー、高い高い！　パパよりおじちゃんの方が高い！」

「だから、おじちゃんはヤメロ」

　そう言いながらも、みゆちゃんを肩車する彼はどことなくうれしそうだ。

「おじちゃん髪の毛サラサラー」

　みゆちゃんもうれしそうにしながら、悠梓くんの髪の毛をわしゃわしゃとかき混ぜる。

「ば、バカ、ヤメロ」

　口では怒っている彼だけれど、やっぱりどこか楽しそうだ。

　悠梓くんはいいパパになりそう、ふふっ。

　微笑ましくその様子を見ていると……。

「みゅー！」

「みゆ？」

　みゆちゃんの名前を呼ぶ声が聞こえた。

「もしかして！」

「あ、パパ！」

　声のする方から、私たちよりも少し年上くらいに見える
男の人が、必死の形相で走ってきた。

「みゆ！」

　悠梓くんはみゆちゃんを肩からおろした。

「パパ！」

　すると、みゆちゃんはパパのもとに駆けつけ、勢いよく
ぎゅっと抱きついた。

「よかった……無事でよかった」

　みゆちゃんのパパも、みゆちゃんのことを強く強く抱き
しめる。

「パパ！　ママ見つけてきたよ！」

　そう言って私の方を指差した。

「え……？」

　みゆちゃんのパパは驚いた様子で私の方を見る。

「ああ……すみません……」

「い、いえ、大丈夫です」

私は笑ってみせた。

　メガネとキャップのおかげで、彼は私がシンガーソング
ライターの珠李であることに気づいていないようだ。

「……じつは、この子には母親がいないんです」

「え……？」

「妻は、２年前に他界してしまって……。だから、写真に
写ったアイツに似た人を見つけると、すぐにママって言っ
ちゃうんです」

「そうだったんですか……」

　そっか、こんなに小さいのに、もうお母さんがいないん
だ……。

　その男性から事情を聞いて、すごく胸が苦しくなった。

「あ、すみません、こんな話をしてしまって……」

　みゆちゃんのパパは困ったように笑った。

「いえ、いいんです。私も高１のときに、お母さんを亡く
していて……みゆちゃんの気持ち、ちょっとわかるような
気がして」

「そうだったんですか。べつに妻を責めるつもりはないん
ですけど……やっぱりかわいそうですよね、こんなに小さ
い子どもに母親がいないなんて」

　そう言って、みゆちゃんのことをぎゅっと抱きしめる。

　たしかに、私もお母さんがいなくてさびしい思いはした。

　でも、かわいそうなんかじゃない。絶対にそれだけはち
がう。

「かわいそうなんかじゃ、ないです」

「え……？」

「たしかにさびしかったけど……それでも、お父さんがい
つだって私のことを大事にしてくれたから、愛情を注いで
くれたから……。だから、今だってこうやって幸せでいら
れるんです。お父さん、みゆちゃんのこと大好きなんでしょ
う？」

「それはもちろん！　好きに決まってます、大好きです！」

　みゆちゃんのパパは強く言いきった。

「それだけで、十分なんですよ。お父さんがそう言ってく
れるだけで、私たち子どもはすごくうれしいんです」

　私はみゆちゃんのパパに笑いかけた。

　そして、みゆちゃんのもとに歩みよる。

「みゆちゃん」

「なあに？」

「みゆちゃんのママはね、お空の上にいるんだよ」

「お空？」

　みゆちゃんはオレンジ色に染まった空を見あげた。

「でもね、お空の上にいてもね、みゆちゃんのこといつで
も見ててくれるし、いつだってみゆちゃんの声は届いてる
んだよ」

　それはいつか、悠梓くんが私に教えてくれたこと。

「みゆの……声？」

「うん。だから、ママ大好きって言ってあげたら、お空の
上のママも絶対喜ぶから、ね？」

「わかった！　ママー、大好き！」

after story >> 293

　みゆちゃんは空に向かって元気いっぱいに叫んだ。
「パパも、ママのこと大好きだよ」
　みゆちゃんのパパも、震える声で空に叫ぶ。
「……ありがとうございます。なんだか俺も、ちょっと救われました」
「それなら、よかったです」
「みゆのこと、大事にします」
「もう十分、大事にされてると思いますよ」
「そう言われるとうれしいです。では……本当にありがとうございました」
　そう言って私たちに頭をさげ、みゆちゃんを大事そうに抱きかかえながら去っていった。
　みゆちゃんたちを見送ると、悠梓くんは私のことを、うしろからそっと抱きしめた。
「悠梓くん……」
　彼のぬくもりが、私の涙を誘った。
「きっとあんたの言葉が、あのふたりを幸せにしたと思う。そう思うと、無性に愛おしくなった」
　彼は私を抱きしめる力をゆるめ、指で私の涙を拭う。そして額に優しくキスをした。
「あんたのお母さんもきっと今、空の上で喜んでる。こんなに優しい人間に育ったんだって」
「そうだと、いいな」
　私もオレンジ色に染まった空を見あげ、お母さんのことを思った。

「お母さん、大好きだよ」

　彼の温かい腕の中で、微笑みながらそうつぶやいた。

　6時になると、彼が予約してくれたレストランへとやってきた。

「予約してたの、ここ」

　彼が指差したのは、シャレたフランス料理店だ。

「素敵なお店だね」

「中、入ろう」

「うん」

　店内に入ると、ウェイトレスの人が案内してくれる。

「佐野悠梓様と、佐野珠李様でございますね？」

「はい」

「では、こちらへどうぞ」

　案内されたのは個室で、部屋の窓からはイルミネーションが見えた。

「わ……キレイ……。やっぱり冬っていいね」

「そうだな。あんたが生まれた季節だから」

　窓の外の景色を眺め、ふたりで静かに微笑み合う。

「素敵な旦那様ですね」

　ウェイトレスさんも、そんな私たちを見て微笑んだ。

　わ、はずかしい……とてもとてもうれしいけど。

「では、料理をお持ちいたしますので、少々お待ちくださいませ」

　私たちは席に着いて、料理を待った。

after story ≫ 295

　しばらくして運ばれてきた料理は、見た目、彩り、味、すべてが素晴らしかった。

「悠梓くん、本当に素敵なお店見つけてくれてありがとう」
「喜んだなら、よかった」
「とってもいい誕生日になったよ」
「こんなことで満足したの？」
「こんなことじゃないよ！　もう、十分幸せすぎるっていうか……」
　本当は、悠梓くんといられるだけで私にはなにもいらないんだよね。
　彼の隣で誕生日を迎えられるだけで、私の心は満たされる。
　けれど、彼はまだなにか隠しているようで……。
「……誕生日は、これからだろ？」
「え？」
　彼の言葉を疑問に思い、私は首をかしげる。
「じゃ、向こうで待ってるから」
「え？　なに？　どういうこと……？」
　混乱している私をよそに、彼は個室から出ていった。
　……って、え？　取りのこされた!?
　ますます困惑していると、ふたたびウェイトレスさんがふたり、個室に入ってくる。
　彼女たちが手にしていたのは……。
「え……」
「それじゃあ準備していきますね」

「これって……嘘……」

　私はされるがままに、その場に立っていた。

「……できましたよ、珠李さん」

　ウェイトレスさんが持ってきた全身鏡をのぞきこむ。

「とっても、おキレイですね」

　鏡に写る私は、まるで別人のようにキレイにメイクされていて。

　そして、純白のウェディングドレスを身にまとっていた。

　うしろで個室のドアが開く。

「珠李」

「悠梓くん……」

「……すごい、キレイ」

　彼は私を見て、耳をまっ赤にしていた。

「もう、びっくりしたよ……こんなサプライズ、してもらえるなんて思ってなかった……」

　私はドレスの裾を持ちあげ、悠梓くんの目の前まで来た。

「ありがとう、悠梓くん……」

　なんかもう、うれしすぎて泣けちゃいそう……。

　彼の素敵なサプライズに、自然と目が潤んでしまう。

「おい、まだ泣くなよ？　これはサプライズじゃないから」

「え……？」

「これは序盤。ほら、行くよ」

　彼は私の背中と膝のうしろに手を回し、私を抱えあげた。

　お、お姫様抱っこ……！

after story >> 297

「ちゃんとつかまってろよ、お姫様？」

　彼は意地悪に口角をあげた。

　お姫様抱っこされたまま店を出ると、店の入り口に外車が１台止められていた。

　運転手がドアを開けると、そのまま後部座席に座らされる。

「行って」

「かしこまりました」

　彼がそう告げると、車は静かに走りだす。

「ねえ、どこに行くの？」

「内緒」

　なんか、夢を見てるみたい……。

　ウェディングドレスを着て、お姫様抱っこされて、外車に乗せられて……。

　本当に、お姫様になっちゃったみたい。

　車は数分ほどで停車した。

「じゃ、あとで迎えが来るから、車の中で待ってて」

「う、うん、わかった」

　悠梓くんは車からおりていく。

　車の窓にはカーテンがかかっていて、外を見ることができない。

　迎えって、誰が来るのかな……。

　さっきから、ドキドキと高鳴る心臓が鳴りやまない。

　しばらく車の中で待っていると、後部座席のドアが開いた。

「珠李」

そこに立っていたのは……。

「え……お父さん……？」

　スーツを着た、お父さんだった。

「ほら、珠李、行くぞ」

　彼は私の手をとり、車からおろしてくれる。

　そして、私を上から下まで見据えた。

「うん、キレイだな……お母さんとの結婚式を思い出すよ」

　お父さんは涙ぐんでいた。

「まだ、泣いちゃいけないな……それじゃあ、行こうか」

　私は彼に手を引かれるまま、一歩ずつ舗装された道を歩いた。

　お父さんに連れてこられたのは、小さな白い教会のドアの前。

「ドアが開いたら、お父さんと一緒に歩きはじめるんだよ？」

「うん、わかった……」

　お父さんと腕を組み、胸をドキドキさせていると、ドアが音を立てて開く。

　ドアを開けたのは……。

「珠李ちゃん、キレイだね」

「お兄さん！」

　悠梓くんのお兄さんの、拓梓さんだった。

「ほら、前に進んで？」

　ゆっくりと、一歩ずつ、お父さんと足を進める。

　席には、悠梓くんのお父さんとお母さんが座っていた。

after story ›› 299

「珠李ちゃん、キレイよ」

「ああ、悠梓には本当にもったいないな」

「お義父さん、お義母さん……」

　そして今、目の前には、まっ白なタキシードを着た悠梓くんがいる。

「珠李、これからも悠梓くんと幸せになるんだよ。これからもお前のお父さんとして、ずっとずっと見守っているから。ずっとずっと、大好きだから……」

「お父さん……」

「ほら、彼のところへ行きなさい」

「うん……。お父さん、本当にありがとう。私もお父さんのこと大好きだよ。これからも、ずっとずっとよろしくね」

「ああ」

　私はお父さんの腕をゆっくり離し、悠梓くんの隣に並んだ。

「悠梓くん、これ……」

「入籍してからお互い仕事が忙しくて、結婚式挙げられてなかったから、26歳のあんたに、俺からのプレゼント。今、ここで、式を挙げよう」

　籍は入れていたけれど、式を挙げられずにいた私たち。

　まさか、こんなサプライズが待っていたなんて……。

　まっ白なタキシードに身を包んだ彼は、いつも以上にカッコよく見える。

「俺たちの家族しかいない、ほんとに小さな式だけど、でも俺はあえてそれを選んだ。俺たちを育ててくれた家族に、俺たちの誓いを見守ってほしいと思った」

「うん……」

　もう、言葉も出ない。

　ただ彼の言葉に、うなずくことしかできない。

「俺はこの５年間、あんたの旦那として生きてきて、いろんなことを思った。一緒に生活できる楽しさ、どんなことも分かち合える喜び」

「うん……」

　彼と同じ家に暮らし、ともに生活を送る。毎日の些細な出来事を分かち合うことで、積みかさなっていく幸せ。

「でも、それとともに、自分の不甲斐なさも知った。いくらあんたを守りたいと思っても、助けたいと思っても、俺には限界があって。あんたを悲しませたまま、なにもできない俺に、腹立たしくもなったし、すごくくやしかった」

　たしかにふたりでいても、苦しいことはたくさんあった。

　お互い忙しくて、すれちがうこともあった。

　乗りこえなければならない壁はたくさんあった。

　でもね、悠梓くんのこと不甲斐ないなんて思ったことないよ。

　悠梓くんがそばにいてくれるだけで、本当に心強いんだよ……。

「それでもずっと変わらなかったのは、あんたとずっと一緒にいたい、あんたを世界一幸せにしたい、いつだってあんたに、笑っていてほしい。そういう気持ちだ」

　５年前、プロポーズしてくれたあの日も、彼は私を世界一幸せにしたい、そう言ってくれた。

私も彼を世界一幸せにすると、あの日誓った。

　今だって、その気持ちは変わらない。

「私も悠梓くんと同じだよ。いつだって、悠梓くんに笑っていてほしい、ずっと一緒にいたい……」

「珠李……」

　彼は大事なものを扱うように、温かい手でそっと私の頬に触れた。

「俺には足りないことだらけだ。努力してなんとかなることばかりじゃない。けど、俺の、あんたを守りたいって気持ちは、絶対誰にも負けない。それだけは自信がある」

「うん、うん……」

　私は何度も大きくうなずいてみせた。

「だから、これからもずっとそばにいてほしい。俺はあんたになにを与えられるかわからないけど……」

「ううん、たくさん、たくさんもらってるよ？」

　優しさをくれたのも、笑顔をくれたのも、この声をくれたのも。

　全部、全部、悠梓くんだ。

「いつも与えられてばかりで、私の方が悠梓くんになにもできてない……」

「そんなの、あんたが気づいてないだけ。あんたが知らないうちに、俺はいつも支えられてる。あんたが笑うだけで、なにか言葉をくれるだけで、歌ってくれるだけで俺は元気になれる、幸せになれる。それに……俺は、あんたに会えたことで、生きがいをもらったんだ」

「生きがい……？」

「あんたを、珠李を、この手で幸せにすること。それが俺にとっての生きがい。もう、それだけでなにもいらなかったんだ。あんたに会えた、それだけでよかったんだ」

「悠梓くん……」

「だから……珠李のお父さん、お母さん。珠李を生んでくださって、本当にありがとうございます。俺は、世界一幸せな夫です」

「俺も、世界一幸せなお義父さんだよ……」

　お父さんは悠梓くんの言葉に、ボロボロと涙を流していた。

　悠梓くんのお父さんも、お母さんも、お兄さんも。

　みんなが涙を流していた。すごく、キレイな涙だった。

「珠李、誓おう。神様に、お互いを幸せにし続けることを」

「うん……」

　私たちはふたり、前を向いた。

「わたくし、佐野悠梓はいつ、いかなるときも珠李のそばで、ともに歩き、支え合い、珠李を永遠に愛し続けることを誓います」

「わたくし、佐野珠李はいつ、いかなるときも悠梓くんのそばで、ともに歩き、支え合い、悠梓くんを永遠に愛し続けることを誓います」

「珠李、世界一幸せにする」

「私も、悠梓くんのこと、世界一幸せにする」

　それが、私たちが結婚している意味。

「珠李、こっち向いて」

after story >> 303

「うん」

　見つめ合えば、彼の澄んだ瞳に吸いこまれそうになる。

「愛してる。俺は一生、あんたの隣にいる」

「悠梓くん、私も愛してる。一生、悠梓くんの隣にいさせてください」

　そっと重なり合う、私たちふたつの影。

　神様に誓ったこの声は、いつだって……。

"君が私に"

"君が俺に"

　与え続けてくれたもの。

End

あとがき

　はじめまして、美空月星です。"みくるな"って読みます。美空が名字で、月星が下の名前です。このたびは数ある作品の中から『声をくれた君に』を手に取ってくださり、本当にありがとうございます。

　実は珠李と同じように、私自身が中学生の頃からシンガーソングライターを目指していて、たくさんの歌詞や曲を作り続けていました。歌詞を書いているうちに自分の詰めこんでいるものが短い文章に収まらなくなり、歌詞から小説を書きはじめたのがきっかけです。
　人の心を動かしたい、いつもその想いが念頭にあります。昔から映画を見ることが好きだったのですが、映画を見たあとって、急にやる気が出たり、日頃伝えられない気持ちを誰かに伝えたくなったりしますよね。そんな映画のような存在に私自身がなりたくて。この作品を読んだあと、誰かに想いを伝えたい、夢に向かって前進したい、少しでもそう思っていただけたなら本望です。

　突然ですが、みなさんはご両親とどんな関係ですか？
　私は高校を卒業するまで、両親に対してひどく反抗的でした。暴言を吐いたり、家出したり……そのたびに両親を傷つけ、困らせました。そのうえ素直になれず、感謝する

あとがき ≫ 305

ことも謝ることもできなくて。今でも不意に両親を傷つけた言葉を思い出して胸が痛くなります。楽しい思い出より、人を傷つけてしまった記憶の方が深く刻まれていたりするんですよね。

でも私の両親は、そんな私のことをいつも許してくれました。そして、私を傷つけるようなことは絶対にしませんでした。嫌いになって見捨てる、なんてことはしませんでした。困ったときは助けてくれるし、挑戦するときは温かく見守っていてくれる。実家を離れた今でも迷惑ばかりかけているのに、いつも心配してくれています。ずっとずっと大切に育ててきてくれました。

そんな強くて優しい両親のことを、私は心から尊敬しています。お父さん、お母さん、いつもありがとう。大好きです。いつか声にして、ふたりに伝えられたらと思います。

最後になりましたが、この作品を見つけてくださった丸井さん、素敵な作品に変身させてくださった渡辺さん、スターツ出版の皆様、応援してくださった読者の皆様、本当にありがとうございました。皆様のおかげで幸せな気持ちになれました。より小説を書くことが大好きになりました。

これからも人の心を動かすことを目標に、日々書くことを楽しみたいと思います。

皆様の声が、大切な人の心に届きますように。

2015.11.25　美空月星

この物語はフィクションです。
実在の人物、団体等とは一切関係がありません。

❤

美空月星先生への
ファンレターのあて先

〒104-0031
東京都中央区京橋1-3-1
八重洲口大栄ビル7F

スターツ出版（株）書籍編集部 気付
美空月星先生

声をくれた君に

2015年11月25日　初版第1刷発行

著　者	美空月星
	©Mikuruna 2015
発行人	松島滋
デザイン	カバー　高橋寛行
	フォーマット　黒門ビリー&フラミンゴスタジオ
ＤＴＰ	株式会社エストール
編　集	渡辺絵里奈
発行所	スターツ出版株式会社
	〒104-0031 東京都中央区京橋1-3-1　八重洲口大栄ビル7F
	ＴＥＬ　販売部03-6202-0386（ご注文等に関するお問い合わせ）
	http://starts-pub.jp/
印刷所	共同印刷株式会社

Printed in Japan

乱丁・落丁などの不良品はお取替えいたします。上記販売部までお問い合わせください。
本書を無断で複写することは、著作権法により禁じられています。
定価はカバーに記載されています。

ISBN 978-4-8137-0032-6　C0193

「スターツ出版

注目！

2015年12月25日、ケータイ小説サイト「野いちご」から**ちょっぴり大人**な初めての"**たて書き小説**"が誕生！

スターツ出版文庫とは…？

✱ 生きる勇気をくれる

✱ 深く共感できる等身大の主人公たち

✱ ずっと心に残るシーンや言葉の数々

✱ 読んだ後、無性に誰かに伝えたくなる

——きっと見つかる、
　　　　大切なこと

文庫」創刊!

✳ 創刊ラインナップは3作品! ✳

『僕は何度でも
きみに初めての恋をする。』

沖田 円・著
ISBN978-4-8137-0043-2
定価：未定

高1の星(セイ)は両親の不仲に悩み、この世に綺麗なものなんて何もないと思いながら、日々をやり過ごしていた。ある日の学校帰り、セイはカメラを構えた不思議な少年ハナに写真を撮られる。その理由は、セイのように綺麗なものを覚えておくため。その日から毎日のように、セイはハナに会いに行くが、仲良くなるにつれ、彼が背負う悲しい事実を知ることに…。涙なくしては読めない、切なくも愛しい物語。

\\ 読者からの反響続々 //

❋ 1日1日を大切に生きようと思えました（天雪さん）

❋ もう切なくて…ほんと何回も泣きました（星空夏さん）

❋ 今までにないくらいに感動！（都田 埜々香さん）

『君が落とした青空』

櫻 いいよ・著
ISBN 978-4-8137-0042-5
定価：未定

「カラダ探し（上）」

ウェルザード・著
ISBN 978-4-8137-0044-9
定価：未定

Coming Soon...

ケータイ小説文庫　2015年11月発売

『なめてんの？』 しぶぴか。・著

男子が苦手で初恋もまだの高1の沙彩は、学園の王子様・介と鉢合わせる。ところが介は意地悪王子で、沙彩に「彼女になれ」宣言。言われるがまま介と付き合う沙彩だったけど、親友のおかげで彼の弱さや不器用さを知り、自分の恋心にも気づく…。不器用なふたりの恋の行方に、思わず胸キュン！
ISBN978-4-8137-0027-2
定価：本体580円＋税

ピンクレーベル

『ドキドキしてろよ、俺にだけ。～クール男子の、裏の顔！？～』 立川凛音・著

高1になったばかりの花は、幼なじみに片想い中。超優秀でイケメンだけど冷たい委員長の冷泉くんの隣の席になり、副委員長に推薦されてしまう。一緒に仕事をするうちに、彼は無口なだけで結構イイヤツだということがわかった。なぜか接近してくる冷泉くんに花のドキドキはとまらない…！
ISBN978-4-8137-0028-9
定価：本体570円＋税

ピンクレーベル

『after rain ～虹を待ちつづけて～』 moon・著

高1の葵は、幼なじみの侑のことを中学生のころから密かに思い続けている。しかし、侑は葵の親友、璃音のことが好きで、葵はふたりの恋を応援することに。恋と友情に苦しむ葵の心に虹がかかる日は来るの…!?　切なすぎるラストに号泣必至のラブストーリー！
ISBN978-4-8137-0030-2
定価：本体550円＋税

ブルーレーベル

『恋日和』 二宮希望・著

中3の希子と莉子は双子。希子は図書館でいい参考書を教えてくれた男の子に恋心を抱く。一方、莉子は公園で他校の男子・三吉に慰められ、仲良くなる。しかし、莉子は自分のことを「キコ」と名乗ってしまう。生まれつきの心臓病である莉子は、自分の死期を悟り、希子にある願いを託すけど…？
ISBN978-4-8137-0031-9
定価：本体560円＋税

ブルーレーベル